JN265492

おれのミュ〜ズ！

にしがきようこ 作

小学館

おれのミューズ!

造本装幀
岡孝治

装画・本文イラスト
平澤朋子

一

足どりも軽やかに、築百年になる家の門をくぐった。

年数を経た木々の葉がそよ風にゆれ、生け垣からはみだした枝の間から、「滝沢」と彫《ほ》られた古びた表札が見えていた。

中学二年生になったばかりの体育の授業で、久しぶりにサッカーをした。体が軽い。飛び石を軽快にこえて玄関へと続く苔《こけ》むした小道を進んでいった。

玄関のくもりガラスの引き戸を開く。少し上にひきあげながら開くのがコツだ。ふつうにひくと、とちゅうでひっかかってしまう。

ちり一つ落ちていないうす暗い玄関のたたきに足をふみ入れる。上がり框《がまち》の前に、みがきこまれた灰色のくつぬぎ石がある。そこに見なれないものがあった。

赤いくつだ。

かかとがぺちゃんこで、全体的に丸みをおびた形をしていて、黒くて細いリボンがぐるっとはき口をとりかこみ、甲のところでちょうむすびになっている。ぴかぴかと赤く光りながら、くつぬぎ石の上で持ち主を待っていた。

首をのばして、おくをうかがう。

客間に人の気配がないと思ったとき、台所からおふくろの笑い声が聞こえてきた。

「ただいま」

ひかえ目にあいさつをする。

「あ、おかえり。樹《いつき》、いらっしゃいよ。めずらしいお客さんよ」

「やだ、おばさん、あたし、お客さんなんかじゃないですよ」

笑いをふくんだ声が聞こえた。

くつをぬいで、高い敷居《しきい》をあがる。いまにも穴があきそうなボロぐつは、くつぬぎ石のかげにかくすようにそろえた。

だれだ？　と思っていると、おふくろから少しおくれて少女があらわれた。

両手をゆったりと広げ、あぶなっかしげにそろそろとろうかをすべってくる。やわらかい日ざしがうつむいた顔をてらしている。そこにはかろうじて笑顔といえる表情がうかんでいた。

ふっと顔をあげておれを見る。少しつり気味な細い目をまっすぐにこちらにむけた。

「久しぶり」と、言われた。

おぼえがない。

軽くカーブしたボブヘアがふっくらとした顔をつつみこんでいる。目の光の強さにたじろぎながらも、目をそらすことができなかった。

年上かな、と想像する。どこかで見たことがあるような、ないような。こい霧《きり》の中にしずみこんでいる記憶《きおく》をさぐりはじめる。

「完全に忘れられちゃったみたい」

少女は、こまったようにおふくろを見た。

「ほんとにね。かわいらしくなっちゃったからじゃない?」

「そんなことないですよ」と言いながら、視線をおれにむけた。

「森美海《もりみうみ》です。はじめましてって言ったほうがいいのかしら?」

首をかしげながら、頭をさげた。

声も出なかった。よく知っているというか、幼なじみの名前だ。小学校三年生ごろから会うこともなくなっていたが、母親同士、仲がよかったせいで、名前が話題にのぼることもあった。みうみと呼べなくて、小さいころはミーミと呼んでいた。

ぼう立ちになっているおれを見て、おふくろが笑いながら言った。

「樹《いつき》ってば、はとが豆鉄砲《まめでっぽう》を食らったみたいな顔しちゃって。久しぶりでしょ。ほらほら、ちゃんとあいさつしなさい」

幼いときのことが、古い映画のワンシーンのようによみがえってきた。

たしか、幼稚園の帰りがけのことだった。

おれは、砂場にしゃがみこんでいつまでも基地を作っていた。そのとき、「ヒッキー、帰るよ」と、呼びかけられた。待ちくたびれたミーミだった。こしに手をあて、つり目をさらにつりあげて、おれを見ていた。その姿がおふくろよりずっと大きかった。舌足らずで、いつき、ではなく、ヒッキーとしか呼べないほど小さいころのことだ。

思い出がよみがえると同時におれは手をうった。

「あいつか」

ミーミがくちびるだけで笑った。

「よかった、思い出してくれて。でも、あたしはあいつ、じゃないよ。みうみ、ちっちゃいときはミーミ。あたし、帰ります。おばさん、本当に長い間、たくさんご心配おかけしました」

おふくろに軽く頭をさげた。

「ミーミちゃん、またいらっしゃい。昔みたいに、ママといっしょに来てね。ママともいっぱいおしゃべりしたいし……」

話が続いている。

体を二人のほうへむけたまま、自分の部屋へと二、三歩、後ずさりする。ちらちらとミーミの顔を見る。

ちょっとショックをうけていた。

思い出の中のミーミは、大きな口を開いて笑いころげ、顔をくしゃくしゃにして泣いていた。口をとがらせておこってもいた。ところが、目の前のミーミの表情は動かない。ほほえんだとしてもほんのわずか、それも無理やりなのではないかと思うほどかたい。


人ってこんなに変わるものなのだろうか？

大人びてしまった、ということなのだろうか？

「じゃ」

急に声をかけられ、どぎまぎする。

「お、おお」

「また、来てもいい？」

「おふくろがいいって言ったんだから、別に……」

「変わらないね。ふふ、髪《かみ》の毛も、もさもさのまま」

「え？」

記憶《きおく》のかなたの姿と、いま、目の前にいる存在とが完全に一致した瞬間《しゅんかん》だ。

くせっ毛で寝《ね》ぐせの立ちやすい頭を、もさもさと言われたことが、昔、あった。言ったのは小さいときのミーミ。もさもさというアクセントにも、かすれ気味の声にもおぼえがあった。外見や雰囲気《ふんいき》はすっかり変わってしまっていたが、目の前の少女はまちがいなくミーミだ。

「あれ？　小さいときみたいに、こまった顔してる。また来るね」

「ミーミちゃん、一人で帰れる？　送っていこうか？」

「あ、だいじょうぶです。駅前でママと待ち合わせしてますから」

ミーミが、ふっと玄関を見まわした。大きく深呼吸をして、

「この家、変わってなかった。ろうか、いまでもすべれるほどつるつるだし……」と、つぶやいた。

「しっくいなのかな、木造のせいなのかな、この家のにおいがする。このしっとりしたにおい。この家に入ったとたんに、なつかしいって。やっと、外に出てこられたんだって思えた。マンションの家に帰ったときには感じなかったのに……」

言いながら、ゆっくりと体を一回転させた。

「遊びに来るの、本当に久しぶりだものね。なん年になるかしら？　もう、五、六年に

なるのかしら？」

おふくろが指をおって数えていた。

ミーミがくつに足をさしこんだ。

赤いくつ。地味な服装によくにあっている。

ひょこんと頭をさげたミーミが「おじゃましました」と言って、玄関の引き戸をあけた。あ、だいじょうぶかなと、おもわず足が一歩、前に出た。しかしミーミは戸を軽く上にあげながら横にひいた。玄関の戸のクセをおぼえていたのかとちょっとおどろいた。

見送るおれの目に、赤いくつがくっきりとのこった。

ミーミを見送り、ふりむいたおふくろに肩《かた》をたたかれた。

「ミーミちゃん、あんなに元気に、かわいらしくなって、この家に来てくれて。こんなうれしいことってあるかしら？」

感激屋のおふくろが涙ぐんでいる。

「お祝いよ。カンパイしましょ。ごちそう作るわ。樹《いつき》、なにがいい？」

しらっとした気分で、なんでもいいよと言いながら、部屋に入っていった。

制服をぬぎすて、ベッドにごろりと横になった。

すぐにむっくりと起き上がる。

つくえの横には、スケッチブックや、絵の具や、色えんぴつやパレットが重なりあってのっているたながある。そこからスケッチブックをとりだして、白いページを開いた。いつものようにそっとなでながら、ふうっとやさしく息をはきかける。

つくえの前にどさっとすわると、ペン立てにある４Ｂのえんぴつを手にとった。

縦横ななめにうすく線をひく。その線に助けられながらものの位置を決めていく。くもりガラスの引き戸。たたきにしきこまれた石の形。作りつけられたくつ箱。古いツボに投げこむようにいけられた庭のサツキの花。そしてくつぬぎ石の上の赤いくつ。りんかくをおおざっぱにとり、バランスを見ながら配置をなおし、不要な線を消していく。絵全体を見て息をはく。えんぴつを持ちかえると、一つ一つを細かくかきこんでいった。

色を入れたいと思う。

暗い玄関にくもりガラスからさしこむ光。ぼんやりとうかびあがる花の色。こい灰色の古びたくつぬぎ石、それと対照的に今風にデザインされたまっ赤なくつ。古びた質感と、ぴかぴかとした赤いくつの新しさを表現してみたい。

くつの色の赤をどうしようかと、髪《かみ》の毛に指をつっこむ。

絵の具の赤にちょっと黒をまぜてみようかとアイデアがうかんだ。どんな色ができるのだろう。

気になったものはなんでも絵にしてみる。それがおれの習性だ。

二

家に入ったとたん、はらの虫がいっせいにさわぎだした。あまいにおいがする。通学かばんを部屋にほうりこむと、台所へ続くろうかをすべりはじめた。

ろうかは障子《しょうじ》でしきられた客間、居間の前をとおり、その先で直角にまがっている。外に木がしげっているせいで、ろうかをまがると急にうす暗くなる。つきあたったところに台所がある。

まがり角で少しスピードが落ちてきたので、いきおいをつけてまたすべりはじめた。ちょうどそのとき、うす暗いろうかの先になにかがあるのに気がついた。洗濯物《せんたくもの》かと思った瞬間《しゅんかん》、それが動いた。

急にはとまれない。

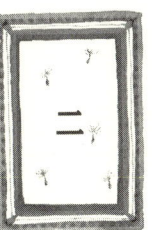

「わっ！」

「いたいっ」

声が重なった。物体をのりこえ、肩《かた》からろうかに落ちた。

「なんだよ」

「なんなのよ」

ハモった。

洗濯物《せんたくもの》だと思ったものは、ミーミだった。

「気をつけてよ」

ミーミがうでをさすっている。

「こんなとこにいるなんて思わないだろ」

「どこにいてもいいでしょ」

「おい、ここはおれの家だ」

両足がミーミの上にあったおれは、ミーミをおすようにして体勢をなおし、ろうかの上にあぐらをかいた。足のうらに、やわらかい感触《かんしょく》がのこった。うろたえかけた気持ちをなんとか立てなおしながら言う。

「来てるんなら、なんとか言えよ」

「庭のほうから入ってきたんだもん」

そろそろと立ちあがったミーミが、庭を指さした。

ろうかはガラス戸だけで外とくぎられている。その中に一枚、ほかより大切にされているガラスがある。いまでは製造されていなくて、骨董《こっとう》的な価値があるという。ミーミはそのガラス戸の前にいた。

細い人さし指の先で、庭のサツキや木々が霧雨《きりさめ》にぬれ、しおり戸が古いガラスのせいでゆがんで見えた。深い軒先《のきさき》の下にあるくつぬぎ石の上には、見おぼえのある赤いくつと、花模様《はなもよう》のかさがあった。

「なにを急いでたんだか知らないけど、なんなの？」

また、うでをさすりはじめた。

「うまそうなにおいがしてたから」

「え？　そうかな？」

ふんふんとあたりのにおいをかぎだした。

「で、なんで、おまえはこんなとこに、うずくまってたんだよ」

「おまえって呼ばれたくない。あたしはみうみ、もしくはミーミです」

「わかったよ。そのミーミはなにをしてたんだよ」

ミーミが軽く息をすい、ガラス戸の細い桟《さん》に指をかけた。

「梅の実がなってるの」

「ん？　梅の木なんだから、梅の実だろ。柿の実でもなってたらめずらしいけどさ」

「そんなことじゃないよ。梅の実にね、霧雨《きりさめ》がかかって、小さな露《つゆ》が実にのっかってるの。それが、すごくきれいだなと思って見てたのよ。詩的な好奇心よ」

「詩的？　すてき？」

「あたし、ほんとに久しぶりに梅の実を見たっていう気がするの。梅の実って、雨が好きなんだね。きらきらして見える。見なれてる人にはわからないのかな」

おや、と思った。目のまわりが少し赤いような気がする。たんなる気のせいだろうか？

「どこもけが、ないか？　おもいっきりつまずいちゃったけど」

「あ、うん。それはだいじょうぶ」

もごもごした言葉がかえってきた。

そのとき、玄関の戸が開いた。

「ごめん、ミーミちゃん、まだいるよね。おとなりさんに回覧板まわしにいったら、話しこんじゃった。ケーキ、いっしょに。あら、樹《いつき》」

おふくろは声をはずませながら、明るい顔でおれとミーミの顔をかわるがわる見た。

「なに、どうしたの？」

けげんな声でたずねられた。

「つまずいた」

おれはミーミを指さした。

「え、どういうこと？」

「ミーミがここにすわりこんでて、おれがすべってきて……」

がははは、とおふくろが笑った。でもすぐに心配そうな顔になった。

「ミーミちゃん、だいじょうぶ？　けがはしなかった？」

顔をのぞきこむようしてたずねた。

「おい。おれの心配は？」

「けがはしてないんでしょ？　ろうかをすべる樹《いつき》が悪い」

むっとするおれをよそに、ミーミが口を開いた。

「あたしはだいじょうぶです。ね、おばさん、梅の実がなってる」

「そうなのよ、この家と同い年の梅の木。もう、ちっちゃい実しかならなくて。でも、梅ぼしにすると、すごくしっかりとした味がするの。たいしたものよ。そろそろ、実をもがなくちゃいけないんだけどね」

「え？　いつもぐの？　あたしやってみたいな」

「おれはやりたくない」

二人の耳には、とどかなかったらしい。

「いつにしようかしらね？　お天気のいい日がいいわね。それより、ケーキ食べましょうよ。ママさんのケーキ、最高だから」

言いながら、おふくろはさっさと台所に入っていった。

「やっとありつける。ケーキ、丸ごとでもいいけどな」

「え？　そんなに食べられるの？　すごい」

おどろくミーミの横で、大きな音をたててはらが鳴った。目を丸くして、ミーミが笑いだした。台所から顔をのぞかせたおふくろが、笑い声がかわいいといっしょに笑いだした。なにがおかしいのかわからず、おれはぶぜんとした。

食卓《しょくたく》の上にあったケーキは、ブルーベリーソースのかかったチーズケーキだった。口の中がよだれでいっぱいになった。上品に八等分して、わたされたケーキを三口でたいらげた。ものほしそうにしていたら、さらに一切れもらえた。それを二回くり返し、半分を食べたことになる。まだいける。しかし、二人の冷たい視線に負け、あきらめることにした。夜のデザートに出てきたとして、おやじの分をのぞいても、まだ一切れ食べることができると頭の中で計算をした。

「底なしの食欲ね」

ミーミがあきれた声をだした。

「あれ、食べないの？」

そばで見ているだけのミーミに気がつき、たずねた。

「あたしは、家で特製のケーキを食べてきたから……」

「特製？　これより大きいのか？」

「大きさじゃないよ。中身のこと」

「特製って、どういうことなの？」

おふくろが不思議そうに聞いた。

「あたし、まだ、だめなんです。だから、お塩の入ってないのを、ママが特別に作ってくれるんです」

「あら、そうなの。まだ、だめなの？」

おふくろが気をつかった声を出した。

「いえ、本当はもういいんですけど、必要最低限の塩分だけにしようねって。病気が再発したらいやだからって、ママ、すごくうるさいんです」

「そうなの。そうよね。もう、病気なんてごめんだものね」

しんみりとした口調でおふくろが言う。

「でも、ママ、すごくお料理がじょうずになったんですよ。あたしのおかげだと思ってるんだ。いろんなものをあたしが食べたがって、でも、食べるものの制限がきびしくて、そこをくふうしているうちに、すごく上達したんだって……」

「へえ、そうなの。ミーミのママはがんばり屋さんだものね。うちにもすごく食い意地のはった子がいるから、見習えば、あたしもお料理、じょうずになるかしら？」

おふくろがケーキを口に入れ、本当においしいわねとつぶやいた。

「な、ケーキって、塩が入ってるのか？」

不思議に思ってたずねた。

「あ、うん。味にアクセントになるっていうのか、あまさをきわだたせるっていうか、そういうので、ほんのちょっとだけど入れるとおいしくなるんだって。バターにも、お塩、入ってるよ。あんこにも、チーズにも、このチーズケーキのタルト生地《きじ》にも、なんにでも。あまいからってお砂糖だけじゃおいしくならないの」

「ふーん。な、その特製のって、これよりうまいのか？　食べてみたい。こんど持ってきてよ」

「ふつうのものを食べなれてる人にはどうかなぁ。こっちのほうがずっとおいしいと思うよ」

「樹《いつき》あつかましいでしょ」

おふくろにおこられた。

塩を食べてはいけないなんて、めんどうくさい病気だ。なぜそんな病気になってしまったのだろうと、ちらちらとミーミの顔を見る。食べたいものが食べられないなんて、想像しただけでも鳥はだがたつ。生きている気がしない。病気になるのなら、塩も砂糖も食べ放題の病気にかぎるなと、心の底から思った。

そして気がついた。

ミーミも菓子《かし》が大好きだったはずだ。食べちゃいけない病気になって、どうしていたのだろう。ただ、ひたすらにがまんしていたのだろうか？　そんなことができるのだろうか？

もごもごと口を動かしながら、皿にのこっていたソースを指でぬぐいとり、なめた。

「すごい食べっぷり。ママが見たら、きっとすごく喜ぶだろうな。あたしは少ししか食べられないから」

「でもね、きらいなものは食べないのよ。ほんと、身勝手なんだから」

おふくろのトゲのある言い方がいたい。

食べるだけ食べ、くちびるの横についた食べかすを舌でなめながら、ごちそうさまと言って、食卓《しょくたく》をあとにした。おふくろとミーミのしゃべり声が続いている。

ろうかをすべる。ミーミが見ていた梅の木の前をとおりすぎたとき、立ちどまり、ふり返って梅の実を見た。たしかに、小さなしずくが梅の実にくっついている。梅の実に細かい毛がはえているのだろうか。雨がほんぶりになったり、風がふけばすぐに落ちてしまいそうなしずくが、この雨の量だからなのだろう、しっかりととどまっている。いま、ここにしか存在しないしずく。

ガラス戸を開いて梅の実をじっと見る。葉っぱの緑がしずくをそめていた。

もさもさ頭をかきながら、自分の部屋に入り、スケッチブックをとりだす。紙をそっとなで、息をふきかけるいつもの儀式《ぎしき》の間にも、梅の実のしずくが目のおくにのこっていた。

しずくが命の絵になると頭の中で思いえがく。ふうっと息をはいてから、スケッチをはじめる。細かくかいてみようと思った。梅の実にはえている細くて短い毛の一本、一本まで。そうしないと、しずくが生き生きと存在しないと思ったから。

4Bのえんぴつで、りんかくをかいた。えんぴつの先をとがらせて、線をくわえていく。

ふっと、頭のすみに、ふちが赤くなったミーミの目がうかんだ。梅の実のしずくに感動して涙ぐんだのだろうか？　感動するようなことだろうか？　それとも、同じケーキを食べられないからだろうか？

ミーミの目のまわりが赤くなる理由などわからない。おれは首をふりながら絵にのめりこんでいった。

三

〝全員で学校風景をかきましょう〟という、梅雨《つゆ》の晴れ間をぬった毎年恒例《こうれい》のイベントが行われた。

「つまらないな。こんな校舎、どこもみんな同じなのにな」

乗り気ではないおれはつぶやいた。

「だよな。でも、授業がつぶれるっていうのは、ありがたい」

クラスメートの省吾《しょうご》がこたえた。遠くで、美術の先生の声がした。

「目のつけどころのおもしろさが大切だからな。しっかりと目を開いて、風景も入れこむように」

「場所、さがすか」

あたりを見まわしはじめた省吾《しょうご》に、ため息をつきながらうなずいた。

省吾《しょうご》と二人で校内をうろうろと歩きまわり、最終的には場所とりごっこになった。ここらへんでいいだろうと荷物をおいたそばに、ヒメシャラと書かれたプレートをぶらさげた木があった。

省吾《しょうご》はすぐにすわりこみ、自分のテリトリーだと宣言している。早い者勝ちのおれたちのそばで、いっしょにかいてもいい？ という女子の声がしていた。

なにがおかしいのか笑い声が背後であがっている。おれは立ったままヒメシャラを見ていた。幹《みき》がまっすぐにのびている。幹《みき》の色に特徴《とくちょう》があり、くすんだ赤みをおびている。すべすべとした幹《みき》、上に広げた枝、その枝には葉がたがいちがいについていた。

ヒメシャラという名前におぼえがあった。家の庭にもあったはずだ。家の修繕《しゅうぜん》には人一倍神経をつかうけれど、庭には興味のないおやじが、めずらしくこの木を植えるとはりきっていたことがあった。小さい苗木《なえぎ》をあちこちに動かしては、ここがいいか、いやあっちのほうがいいかと思案していた。いっしょに庭をうろつき、穴をほった記憶《きおく》があるが、あの木はいま、葉をしげらせているのだろうか？ ほかの木々の中にうもれてかれてしまっただろうか？　どこにあるのか、まったく思い出せない。

目の前の枝がつぼみをつけているのに気がついた。ころりと丸いつぼみの一つに気がつくと、たくさんのつぼみがいっせいに目に飛びこんできた。昨夜の雨をうけて、つぼみの上に大きなしずくがのっている。とたんに、梅の実についたしずくを思い出す。ちょっと風でもふけば転がり落ちてしまうようなしずくを持つつぼみ。それを見た瞬《しゅん》間《かん》、つぼみから見た校舎の構図が頭の中にうかんだ。つぼみとしずくと、まだ若々しい葉や、特徴《とくちょう》のある幹《みき》。そして、遠景にある校舎。

（よし、いける）

スケッチブックをたてにし、さらさらとえんぴつを動かしはじめた。

クラスメートの声と省吾《しょうご》の声が背後でBGM《ビージーエム》のように聞こえている。

「おお、そうだよ、樹《いつき》にさ、似顔絵、かいてもらえよ。笑えるほどよく似てるっていうか、特徴《とくちょう》つかんでるからさ」

クラスメートと話している省吾《しょうご》の声を耳がキャッチした。

似顔絵にはちょっと自信がある。サッカークラブに所属していた小学生のころ、チームメートの省吾《しょうご》がかいてくれとせがんできたことがあった。ちょいちょいとかいてわたすと、「すっげえ」と言ってまわりに見せびらかし、笑い声があがった。それがうれしくて、たのまれるたびにかいていた。中学に入学してすぐ、サッカーはやめてしまったが、似顔絵がきは続いていた。おれの大事なツール。似顔絵は、友人を作り、場をなごませて、ちょっとは人気者になるための道具だった。

省吾《しょうご》の声を聞いているうちに、このごろ、サッカーの話をしなくなったなと思いついた。サッカーをやりたくて、クラブチームに入ったはずだ。才能のあるやつはうらやましい。省吾《しょうご》やそのそばのやつらがわいわい話している声がしだいに遠くなっていく。

ヒメシャラのつぼみと校舎の配置がいまひとつ気に入らずにうなっていると、あけっぱなしの窓からカーテンがひらりと外にゆれでた。

おれの教室のカーテンだと気がつき、やぶれ具合が頭にうかんだ。卒業生がそうじ中にふざけてやぶったという昔話といっしょに、その教室で長い時をすごした人たちのことを思った。カーテン一つにもストーリーがある。

絵の中にかいてみたい。卒業生の姿を直接かくのではない。カーテンのやぶれ具合、風にゆれる様子で伝えられるものもあるのではないだろうか。しかし、どうかけばいいのだろう？　かいては消す作業をなんどもくり返した。

ヒメシャラのむこうに花だんが見える。花だんのまわりのマリーゴールドは、校内美化のときに植えたものだ。新入生をむかえるために心をこめて植えろと先生が声を大きくしていた。

心の中でぶつぶつとつぶやきながら手を動かす。それがおれのかき方だ。

えんぴつで大体の形がとれたので、絵の具で色を入れることにした。そのときにはまわりの声などほとんど耳に入らない。適当にかきあげて、ふざけあっている省吾《しょうご》たちの動きはわかっているのだけれど、遠いところのできごとだ。

水と絵の具とパレットと。筆をつかって色を作りはじめる。気に入らなくて赤や黄色などをさらに重ねてみる。色がこすぎるなと思うと水をくわえる。水は色を作りだすための欠かせないツールだ。なんども試して、気に入った色をそっと紙に落としてみる。

こんなもんだろうとか、いい色だとつぶやく。全体を見わたして、少し単調だから、もう少しインパクトのある色を入れようと、考えながら手を動かす。

目の前の花をじっと見つめる。ヒメシャラのかたく閉じたつぼみは、いずれ開くはなびらにそって、微妙《びみょう》に色が変化している。色を少しこくして、細い線を注意深くひいていく。

（たのむ。生きた線になってくれ）

集中力をかき集めた。

葉っぱの部分はこい目に色を入れたあと、水をくわえてぼかしていく。光を反射させている葉、かげになって色こくなり、しずんでいるような葉。かわくのを待ちながら、筆を三本、左手に持って、色を入れ、ぼかし、かげを入れる作業を続けていく。

梅雨《つゆ》の晴れ間の日ざしは思いのほか強い。バケツの中の水は冷たくて気持ちがよかった。水がにごると、色があざやかに出ない。バケツの水をかえるために立ったとき、ほとんどの生徒がかきあげ、走りまわっていることに気がついた。

「よーし、時間だ。かけた人は持ってこい。まだの人は、家でしあげて提出のこと。宿題だ」

（宿題？）

ちがうだろうと心で反発した。完成してない絵なんて気分が悪い。宿題にならなくても、しあげる。当然のことだ。

かわいた絵をしわにならない程度に丸め、わたされた新聞紙でていねいにつつんだ。わくわくしているのに気がつく。どんな絵ができあがるのだろう。


玄関の敷居《しきい》の上にバッグと絵をおくと、すぐ外に出た。しおり戸を開いて庭へ入っていく。写生でかいたヒメシャラの木をさがそうと思った。木がかれたという話を聞いたおぼえがなかったから、まだ植えられたままのはずだ。

がさがさと庭木をかきわけ、小さいころの記憶《きおく》をたどって木をさがす。お、あの幹《みき》はヒメシャラだと思ったとき、反対側から人が急にあらわれた。ミーミだ。

「あれ、おかえり。なんでこんなところから帰ってくるの？」

「おまえ、なんで」

声がうわずった。思ってもいないところから、いるとは思わなかったミーミがあらわれた。そのことにおどろいている自分にあせった。あわてているのを気づかれないように、おもいっきりにらみつけた。

「また、おまえって言う。そう呼ばれるの、きらいだって言ってるでしょ？　ミーミ、もしくは、みうみです」

ミーミの目が少しずつ、つりあがっていく。

「え？　樹《いつき》、帰ってきたの？」

おふくろの声で体から力がぬけた。

「ミーミちゃんと梅の実をもいでるのよ。樹《いつき》もやる？」

「やらない。宿題あるし」

ミーミは手に軍手をはめている。めずらしく、ほおが赤らんでいる。髪《かみ》の毛に葉っぱがついていた。おふくろのエプロンをつけ、そのポケットが梅の実でふくらんでいた。

そのそのそとしげみから出ると、梅の木のそばにいくつものバケツがならんでいた。

「今年は豊作。小さいけど、たくさんとれたわ。一人じゃ、いやんなっちゃうけど、ミーミちゃんが手伝ってくれたから大助かり」

「こんなに梅ぼし作るのか？」

ぶっきらぼうな声で言う。

「おばさんは梅ぼし作りの名人だから、ママがほしいって言ってた。ほかにも、ママが梅のおかし作ってくれるって。梅ジュースに梅ジャムに、梅酒でしょ。梅ぼしも梅酒も、あたし、食べられないけど。でも、梅の老木、そう、おばあちゃんの木からとれた梅で作るなんて、ちょっとすてき。きっとおいしいよ」

「なんで、おばあちゃんの木なんだよ。おじいちゃんの木かもしれないだろ」

「あ、そうか。でも、梅って、おばあちゃんっていうイメージなんだけどな。そうか、おじいちゃんってこともありだね。ヒッキー、おもしろいこと言うね」

ほめられてもちっともうれしくない。それより、ヒッキーと呼ばれてたじろいだ。

「ヒッキーって……」

小さいころは気にもならなかったが、この年になって呼ばれると、背中に虫がはいあがってくるようなむずがゆさを感じる。

梅の木の下にもぐりこみ、両手に実をかかえ、バケツにそっと転がし入れているミーミを見る。ミーミの中で、おれはまだ幼稚園のころのヒッキーのままかもしれないと想像したらはらがたってきた。

「宿題あるから」

ガラス戸を開き、さっとろうかにあがったとたん、ざるをひっくり返してしまった。

「あ、ほしてあるのよ。気をつけて」

いまさらおふくろに言われても、おそい。

「あらら、全部転がしちゃった」

ミーミがひなんがましく言う。

「うるさい」

めずらしくろうかを歩こうとしたら、梅の実にのっかった。まだかたい梅の実を土ふまずの下でふんづけた。いてえ、と片足で飛びはね、わめきながら梅の実をけった。

「食べものをそまつにしちゃ、いけないんだよ」

ミーミの口調におぼえがあると思いながらむっとした。

「うるさい！」

同じ言葉でどなり返しながら自分の部屋のドアをあけようとした。するとちょうつがいが外れてしまった。

和風の木造平屋の建物の中で、つきだしたおれの部屋だけが洋室になっている。昔の洋室なので、重厚なつくりのドアには彫刻《ちょうこく》された幾何学模様《きかがくもよう》がうき上がっている。そのちょうつがいがこわれてしまった。ドアが閉まらなくなってしまった。すぐにおやじの顔が思いうかんだ。きっと、だまっておれの顔とちょうつがいを見くらべて、ううむとうでを組むだろう。そして、修理の段どりを考えはじめるにちがいない。

うっとうしい。

ついてない。写生大会のそこはかとない幸せ感は、家でミーミの顔を見たとたんに消え去ってしまった。

「ミーミのばかやろう」

はらだちまぎれに、わめいた。

「あれ、こわしちゃったの?」

いつの間にか寝《ね》てしまったのだろう。ミーミの声で目がさめた。

ミーミがドアに手をかけ、ドアを開こうとしたり、閉めようとしたりしている。

「おい、勝手に入ってくるなよ」

「ん？　入ってないよ。ドアの調子を見てるだけ。おじさん、きっと大さわぎで修理するね。見に来ようっと」

「また来るのかよ。来ると、いいことない」

「あれ？　ドアがこわれたのはあたしのせいじゃありませんよ。そういうの、八つ当たりっていうんだから。自分でなおしたら？」

「うるさい」

いたいところをついてくる。しかし、おやじはけっしておれに修理をさせない。自分でやるとかたく決めているところがある。どうしても手に負えないところは、大工さんにたのんではいるのだが……。このちょうつがいの修理だって、大工さんに相談はするのだろうが、きっと自分でなおすにちがいない。おれは見ているだけだろう。

ぼうっと想像していたら話しかけられた。

「おばさんがおやつだって」

「お、今日はなんだ。また手作りの？」

「あたり。今日はたくさん持ってきたよ。イチゴの入ったロールケーキです」

寝起《ねお》きで食欲がない人がいる、ということが信じられない。ケーキと聞いただけでよだれが口中にあふれてくる。

ミーミをおしのけ、ろうかをすべりはじめてすぐにやめた。ろうかの先に視線を走らせる。思ったとおり、ろうかの先には大きなざるに山盛りになった梅の実がならんでいた。あぶないところだった。あの中につっこんだら、ミーミになにを言われるかわからない。

久しぶりにろうかを歩いた。ろうかがいろんな音をたてる。耳になじんだ音だ。ギシーというひときわ高い音は、おれの部屋の近くにだれかがいるという合図だ。修理大好き人間のおやじも、ろうかの音はなおせない。

鼻の中がうまそうなにおいでいっぱいになる。小走りに台所へと急ぐ。

「そんなにいいにおい、してるかな。ヒッキーって、嗅覚《きゅうかく》、すごく発達してない？」

うしろで、ミーミが不思議そうにつぶやいた。

台所の食卓《しょくたく》には、ロールケーキが三本、皿の上にならんでいた。おれは、その中の一本をつかむと、そのまま口に入れた。

「わっ、ロールケーキ、一本丸ごと食べるって、ないでしょ」

口を両手でふさぎ、声をあげたミーミの横で、おふくろはあ然とした顔をしている。

「樹《いつき》そんな食べ方して、だいじょうぶなの？」

口の中にイチゴのあまずっぱさとクリームのあまさがあふれ、スポンジの食感も心地よく、声も出ない。

「おばさん、ヒッキー、すごいね」

「ほんとね。食べざかりっていうのはたしかにそうなんだけど。ロールケーキ一本食いっていうのは、聞いたことないわね。ははは」

豪快《ごうかい》に笑われた。

イチゴがのどにつまった。胸をたたきながら、そばにあったむぎ茶を飲む。

「ふう、死ぬかと思った」

大きく息をすうと、二人の視線が冷たくなっているのに気がついた。

「あたしまで、胸につかえそう」

げんなりした声で、ミーミがつぶやいた。

「本当ね。あたし、あとで食べようかしらね。紅茶だけ、飲もうかしらね。ミーミちゃんもそうする?」

「あれ、ケーキ、いらないの? おれが食べてもいいの?」

「いいかげんにしなさい」

おふくろがあきれた声を出した。おれはカメのように首をすくめたが、手に持った食べかけのロールケーキははなさなかった。

「これ、ほんとにうまいな」

「味わってるんだかどうなんだか。その食べっぷり見ちゃうと、疑わしいわね」

「うまいものしかこんな食べ方しないぞ」

「え? おいしくないケーキの食べ方って、特別にあるの?」

「そんなこともわからないのか。まずかったら、飲んじまうだろう。こんなにうまそうにもぐもぐしない」

ミーミがおしだまった。そのとき、ミーミの携帯《けいたい》が鳴った。

「おばさん、ママがむかえに来たので、あたし、帰ります」

「あら？　紅茶いれたのに。ママもよっていくかしら？」

「ごめんなさい。なんだか、ママ、用事があるみたいです」

「そう、残念ね」

「紅茶、おれ、飲むから心配ないよ」

おふくろに頭をはたかれた。

「梅の実。どうする？　いま持っていく？」

「あ、いただいていきます。ありがとうございました。すごく楽しかったです」

「そう、よかった」

二人が話しながら玄関にむかっていった。

「あちち」

紅茶を口に運びながら、もう一本は軽いなと思ったけれどやめておくことにした。はらも身の内、大事にしないとな、とつぶやく。

口のまわりについているクリームを舌でなめる。

「あれ？　ミーミ、なんでおれより早く、この家にいるんだ？　学校はどうしたんだ？　今日は写生大会で早帰りだったんだけどな」

思ったのはほんの一瞬《いっしゅん》で、あきらめたはずの皿の上のロールケーキに手をのばした。


夕食のときのことだ。

「ほら、サラダのニンジン、ちゃんと食べなさいよ。ミーミちゃんはいまでも、こんなふうにドレッシングのかかったニンジン、食べられないんだから」

おふくろが久しぶりに『ミーミちゃん、かわいそう節』を口にした。

むっとしたおれは、だまりこんでニンジンをはじく。

ミーミから、いまだにふつうの食事はしていないと聞いたおふくろはしきりにかわいそうだと言う。

そりゃ、ちょっとはかわいそうだとは思う。しかし、ニンジンをきらいで食べないということと、病気で食べられないこととはまったく別の問題だと思う。関係ないとさえ思ってしまう。

新聞を読みながらはしを動かしていたおやじが、ちらっとこちらを見ながらニンジンを口に運んだ。いっきにメシがまずくなった。

のこりを口いっぱいにかきこむ。

「ごちそうさま」

席を立ちながら言った。

自分の部屋に入り、ベッドにごろりと寝転《ねころ》んだ。見なれた天井板のシミをため息をつきながらにらみつけた。

ミーミとおれは、おたがい、一人っ子。母親同士の仲がよかったせいで、幼稚園を中心に反対方向なのにもかかわらず、よくこの家へ遊びに来ていた。ちがう小学校に入学しても、来ていた。

しかし三年生になると、同じ小学校の友達と遊ぶのにいそがしくなり、サッカークラブにも通いだした。そのうち、ミーミの足も遠のいた。

そして、五年生のころ、ミーミが入院したと聞いた。

おふくろは心配して見舞《みま》いにも行っていたらしい。ことあるたびに、ミーミちゃんを見てごらんなさい、かわいそうでしょと、『ミーミちゃん、かわいそう節』を口にした。おれがあからさまにいやな顔をするようになったので、ミーミの話を聞くことも少なくなっていた。ところが、とつぜん目の前にあらわれるようになった。

ミーミが来ると、家の空気が変わる。おれはとまどう。気持ちがかきまぜられてしまったようで、立てなおすのに時間がかかる。正直、迷惑だ。

おれの気持ちをよそに、おふくろはミーミが来るとひどく喜び、歓待をする。女の子のいないおふくろは、楽しいんだそうだ。

「樹《いつき》じゃ、話し相手にもなりゃしない」

ミーミが来るようになって、よく口にするせりふだ。

おれは、家にいるのを好む。サッカーも小学校時代で終わりにし、休みの日はいたずらがきをしたり、コミック本を読み、ゲームをする。

ミーミはそれをじゃましに来る。姿が見えなくても、夕食のときに、話題にのぼってメシをまずくする。

四

制服が半そでになり、あせだくになって家に帰りつく。むしりとるようにワイシャツをぬぎ、T《ティー》シャツとハーフパンツに着がえる。梅雨《つゆ》はまだあけていないのに、この暑さだ。文句の一つも言いたくなる。

ろうかはひんやりとして気持ちがいいはずだ。寝転《ねころ》ぼうとしたが、おふくろにふまれるといたいからと思いなおし、家で一番すずしい客間のたたみの上に大の字になった。

『家の作りやうは、夏をむねとすべし』と昔のえらい人が言ったと、おやじがよく口にする。たしかに、この古い家は風通しもいいし、天井も高いし、軒先《のきさき》が深いせいで強烈《きょうれつ》な日ざしもさしこんでこない。おかげで、ほかの家よりはすずしいかもしれない。しかし、暑いものは暑い。

風通しがよすぎて、エアコンはまったくきかない。

扇風機の風を最強にして、目をつぶると、すいこまれるようにねむりに落ちていった。


ピアノの音がかすかに聞こえてくる。となりの家からだろうか。だれがひいているのだろうと思いながら寝返《ねがえ》りをうった。気配を感じてはっと目を開く。人がいると気づき、がばっと起き上がった。少しはなれた床《とこ》の間《ま》の前にミーミがいた。

「わっ、なんだよ。いつも急にあらわれて。連絡くらいしてから来いよ」

「あ、おはよ。おばさんにはメールしてから来たよ」

「そっか。え、メール？　おふくろと、メル友かよ」

「そうじゃないけど。でも、おばさんがアドレスも番号も教えてくれたの。いつでも連絡して、来ていいよって。ヒッキーも携帯《けいたい》、持ってるんでしょ？」

両手をあげて大きなあくびをする。

「ああ、持ってるけど、ほったらかしだな」

あくびといっしょに流れだした涙を手でぬぐうと、あぐらをかいてすわった。けだるい旋律《せんりつ》の曲が続いている。

「あのピアノ曲って、なんだ？」

おれはプレイヤーのほうを指さした。

「あれね、おばさんがママにCD《シーディー》をたのんでたみたいよ。あたしが持ってきた」

「だれか、この家でひいてるのかと思った」

「やだ、この家、ピアノ、ないじゃん」

「そうだよな。なんでそう思ったんだろ？」

「あたし、昔、ひいてたよ」

「そうだ、発表会。昔、無理やり連れて行かれたことがあっただろ」

「無理やりだったんだ」

かすかにほほえみながら曲のするほうへ首をかしげた。

「もう、ひいてないのか？」

たずねると、口ごもった。

「調子のいいときに、少しだけひく。まだ、指がおぼえてて、この曲のさわりぐらいならひけるかな」

言いながら、指を動かして見せた。

「この曲、なんていうんだ？」

「サティっていう人の作った曲。わりに有名だと思うけど」

「おふくろとは、音楽の趣味、あわんな」

そうなんだとつぶやき、うす暗い床《とこ》の間《ま》にむきなおった。

「ね、話はちがうけどさ、あの絵、かけてないんだね」

「あの絵？」

「うん、昔の絵、かけ軸《じく》だったと思うんだけど。小さい子があんどんっていうものだっけ、昔のスタンドの明かりの前で、なにかして遊んでるような絵、あったでしょ？　うんと小さいとき、幼稚園のころだと思うけど、見たおぼえがある」

「そんなの、かかってたっけ？」

「なくなっちゃったの？　もしかして、ヒッキー、やぶったりして」

「こわし屋みたいに言うなよ。いま、かかっているのは、ひいばあちゃんが書いた『書』らしい。なんて書いてあるか、まったくわからない」

「日本語だよね。同じ日本人なのにわかんないなんて、変だね」

「漢字ばっかりで、それも、くずした書体だからな。読めないし、意味もちんぷんかんぷん。こんど、おやじに聞いてみたらいいよ」

ミーミは床《とこ》の間《ま》を見まわしている。

「こんなにうす暗かったんだ」

床《とこ》の間《ま》の横には、まん中から両側に開く円い障子窓《しょうじまど》がある。開いた先には玄関がある。障子窓《しょうじまど》が明かりとりのようになっていて、暗い床《とこ》の間《ま》をぼんやりとてらしている。

「なぁ、昔、この円い障子窓《しょうじまど》がめずらしくて、出たり入ったりしておこられたよな。障《しょう》子《じ》をやぶいたりはしなかったけど、円い窓っていうのがおもしろいって言ってさ。円窓から入ると、おひめさまになれるとかなんとか、さわいでたよな」

言わなかったけれど、おれはおつきの侍《さむらい》をやらされた。思い出の中もいまもあまり関係が変わってないような気がするのは、ひがみだろうか。

「え、そんなことあったっけ？」

おれはそばにあったスケッチブックを引きよせると、さらさらとそのときの様子を絵にかいて見せた。

「わ、このおさげの子、あたし？　かわいい」

「小さいときだからな」

「でも、ちがったんじゃなかったっけ？　ヒッキーがおもしろがって出たり入ったりしてたんじゃなかったっけ。それで、いきおいつけて入って、つまずいて、頭から落っこちて、たんこぶ作ったっていうのなら、おぼえてるよ」

「それは忘れろ」

ふふふとミーミが笑う。

「ヒッキーって、話を絵にしちゃうんだ」

「話したり、文章を書いたり、すごく苦手だから。絵なら伝わるようにかけるけどさ」

「へえ、そういうもんなんだ」

あいかわらず、手が動く。

「ゲームはするの？」

「そりゃするさ。でも、すぐに頭がいたくなる」

スケッチブックをめくって、さらさらとゲームの画面をかきはじめる。

「こんな形のものがするするとおりてきて、はまらないとだめで……」

ミーミがのぞきこんでくる。

「こんなふうにすらすらとかけるんだ。おもしろい」

「な、話より、おもしろがってくれるだろ」

大きく息をつきながらミーミがすごいねと言う。

「携帯《けいたい》ってさ、ぽちぽち字をうつのがめんどうだし、なにより、相手の顔が見えないから不安になる。文字だけで伝えるの、むずかしいって思っちまう」

おれは手をとめずに言った。

「絵文字もあるじゃない」

「あんなの、なんにも伝えられないさ」

「あたしなんか絵をかくほうがめんどうだと思っちゃうけど、ちがうんだ」

「絵があるせいで、話がやわらかくなるような気がするし、らくに話せる」

話しながらかいていると、落ちつくということもある。

「ミーミは、しょっちゅう携帯《けいたい》をつかうのか？」

たずねると、ミーミはスケッチブックから目をはなして言う。

「必要なときだけだよ。携帯《けいたい》って、返事を待ってなくちゃいけないじゃない。もう、待つのって、うんざりなの。口をぽかんとあけて、返事とか、病気がなおるのとか、なんでもかでも、待つっていうの、好きじゃない」

わからないことを言う。おれは、スケッチブックに本やノートの下にかくれてしまっている携帯《けいたい》をかいた。ミーミの携帯《けいたい》にメールを送信するということはないな、とほっとした。

「いまどき、携帯《けいたい》が好きじゃないって、変わってるよね。ヒッキーとあたしって、似てるのかな？」

「ぜんぜん、似てない」

勢いよく否定しながら、スケッチブックをほうりだした。

ミーミが床の間《とこのま》に顔をむけながら、また口を開いた。

「ね、あの絵、昔の絵、あんどんの明かりの絵だけど、ぼうっと光ってて、絵なのに、明かりだってわかったよね。あたし、その絵をひっくり返して裏側を見たじゃない。もしかしたら、うしろに明かりが本当にあるんじゃないかって思って」

「そうそう、思い出した。うしろでだれかが明かりを持っているにちがいないってさ。言われておれも絵のうしろに仕掛けがあるって信じこんだんだよ。うしろにいるのがおばけだったらこわいからおれはうしろを見るのはいやだって言ってすねて、けんかになったんだよな。それほど、本当の明かりに見えてた」

うなずいている。

「すごくこわかったんだよ。なんかあるって思って……。必死の思いでひっくり返したの、いまでもはっきりとおぼえてる。なんにもなくて、すごくほっとしたの。すごいよね。絵で、明かりがともってるのがわかるって」

「あんとき、おふくろにものすごくおこられて、大泣きしたよな」

「おばけとかがいなくて安心したのと、おばさんにおこられたので、パニックになっちゃったんだろうね。かわいかったな。幼稚園の年少さんのころだったかな」

「おふくろ、まっさおになってさ。そうそう、それでだよ。あの絵、かたづけちまったの。やぶられたら大変だってさ」

「やっぱりヒッキーのせいだったんだ」

「あん、どうしてそうなる。おま、いや、ミーミのせいでもあるだろうが」

呼びにくいことこの上ない。おまえと呼ぶと文句を言われるし、みうみとは呼びにくいからミーミと呼ぶのだが、みょうにひっかかる。

記憶《きおく》の中では幼いままのミーミが、成長して目の前にいることにまだとまどっている。おまけにミーミと呼ぶのがひどく照れくさい。

さらりと呼ぶには時間がかかるなと、心の中でつぶやいた。

とつぜん、たずねられた。

「ね、ヒッキーって、絵、さっきみたいにさらさらとかいてたけど、明かりをかける?」

目が宙を泳いだ。言われたことがとっさに理解できない。

「明かりを絵にかく?　できるわけ、ないだろう。どうやってかくんだよ」

「でも、実際に昔むかしの人がかいた明かりの絵が床《とこ》の間《ま》にあったんだよ。絵をかくのが好きなヒッキーならわかるんじゃないの？」

考えたこともなかった。

「得意分野は似顔絵」

「似顔絵？　そうなんだ」

ひどくがっかりした顔をしている。なぜだ。

好き勝手に心がキャッチしたものだけをおれはかく。それにつきる。

人に言われてかくのはあまり好きではない。似顔絵だって、人と話したり、遊んだりするための道具だ。

しかし、ミーミのがっかりした声が、気持ちにひっかかった。

床《とこ》の間《ま》にあった絵は黒一色だったようなおぼえがある。かかれた明かりは色がなかったような、いや、小さいころのことだから、あいまいな記憶《きおく》でしかない。いま思えば、墨絵《すみえ》と呼ばれる絵だったはずだ。

「そうだ、おやつ、持ってきたよ」

その一言で、よだれが口の中にわいてくる。

「お、今日はなんだ？」

「白玉ぜんざい。冷たくしたほうがおいしいってママが言ってたから、いま、冷やしてる」

口中がよだれでいっぱいになった。

「もち、もちあるかな」

「おもち？　だって、白玉が入ってるんだよ、それで十分なんじゃないの？」

「なに言ってるんだよ。もちを焼いてその上に白玉ぜんざいの冷たいのをたっぷりとのせて、食うんだよ。ぜったいうまいって」

さっと立ちあがると、台所に急いだ。

「もちある？」

おふくろにたずねた。

「え？　冷凍庫《れいとうこ》にあればあるけど」

不思議そうな声で返事があった。

がさがさと冷凍庫《れいとうこ》をあさると、凍りついたもちが三個、保存袋《ほぞんぶくろ》に入っていた。飛びあがって喜ぶと、すぐに焼きはじめた。弱火でじっくりと解凍《かいとう》しながらこげ目をつけていく。もちの焼ける香ばしいにおいがたまらない。あせが落っこちないように、タオルを頭にまいた。

あっけにとられているおふくろをよそに、焼きあがったもち三個に、たっぷりと白玉ぜんざいをかける。じゅっという音も食欲をそそる。

「あのさ、樹《いつき》、今日みたいに暑い日には、氷にかけたほうがおいしいんじゃないかと思うんだけど」

おふくろがおずおずと言う。

「いや。氷じゃものたらない。もちだよ、なんて言ったってもちだよ」

がっつくように食べているおれの姿を、おふくろとミーミが見ていた。

「お、おばさん、むぎ茶ください」

「え、あ、どうぞ。かき氷もできるけど。樹《いつき》を見てたら、食欲なくなるわね」

「多少はなれてきたんですけど」

「うめえ」

「ヤギみたい」

「お、ヤギか。馬やシカより上か？」

ミーミがあきれた顔をし、目をそらせ、おふくろと話しはじめた。

「ね、おばさん、思い出したんですけど、昔あった、かけ軸《じく》でしたっけ、子どもとあんどんの絵、どうしちゃったんですか？」

「あら、よくおぼえてるわね。わが家でただ一つのお宝だったんだけど、わけあってゆずっちゃったのよ。この台所にばけちゃったのよ。水をつかうところって、いたみが早いでしょ。なおさなくちゃいけなくなっちゃってね。思い出しても泣けてきちゃうわ」

「へえ」

ミーミが台所を見まわして、おれに目をとめた。

「そうですよね。食い意地のはった子がいるんだもんね」

「そうそう、そのとおり」

「そのうち、かいてやるよ。いくらでも」

もちをかみながら言った。

「樹《いつき》がそんな絵をかくようになるのって、いつになることやら」

「期待しないで待ってます。でも、あの域に到達《とうたつ》するって、無理じゃない？」

おふくろの横で、首をかしげながらミーミが言った。

「到達《とうたつ》する気なんてぜんぜんない。似たものがかければ御《おん》の字《じ》さ。まんがチックなものならかけるかな？」

「え？　かけるの？　あの絵、かけるほどおぼえてるの？」

ミーミの声がおどいていた。

「毎日見てたんだから、そのくらいできるんじゃないかな？」

へえと言いながらミーミは口にむぎ茶を運んだ。

「あのさ、あの絵だけど。寝《ね》てる子がまぶしいだろうって、母親が着物をあんどんにかけて、光をさえぎろうとする、その一瞬《いっしゅん》を切りとったものだぜ」

ミーミが真剣な表情をしておれを見た。

「そんなにくっきりとおぼえてられるものなの？」

「言われて思い出したってこともあるけど、ちがってないと思う」

「樹《いつき》、そのとおりよ。そういうことはよくおぼえてるのね。かたづけたのって、たしか、樹《いつき》が幼稚園のころだったかしらね。あの絵、有名な日本画家の絵らしくて、かなり高値で売れたのよ。本当に助かったわ。たしか、どっかに絵の写真があったはずだけどな……」

おふくろがおくの小部屋に引っこんでがさがさとさがしはじめた。

「あたしなんか、絵があったっていうことだけで、あんどんの明かりのことしか印象になくて、ほかにかかれたもののことなんて、ぜんぜんうろおぼえだった」

「記憶《きおく》ってさ、形でおぼえてるやつと、言葉でおぼえてるやつに分かれるんだってさ。そのほかに手でおぼえてるとか、においでおぼえてるとか、音とか、いろいろなんだって」

「へえ。じゃ、ヒッキーは形でおぼえちゃうタイプなのかな?」

優越感《ゆうえつかん》っていうのだろうか、少し鼻が高くなってきた。

「ま、そうらしいな。でも、あの古い絵がそんなに高く売れたんなら、この家も高く売れるかな。古いけど、それほどガタが来てないし」

言ったとたんにミーミの表情が変わったのに気がついた。

「この家、売るって、本気なの？　売って、こわされて、近くの家みたいにマンションやアパートになっちゃってもいいの。こんな家、建てられる人って、もう日本にいないんじゃないの？　お金にかえられないものってあるんじゃないの？」

言葉のいきおいにたじろいだ。軽い気持ちで言ったのに、ミーミはおこりだした。おれにはその理由がわからない。

「じょうだんだよ。本気にするなよ」

「じょうだんでも、ひどいよ」

ミーミは少しほっとしたようだった。

「あたし、久しぶりにこの家へ来て、変わってなくて、すごくうれしくて、なつかしくて……。あたし、入院したりして、すごく変わっちゃって、みんなに心配ばっかりかけてる存在なの。でも、この家、小さいころとおなじように、ふわっとつつみこんでくれるように受け入れてくれた気がしたの。この家、大好き。じょうだんでも簡単に売っちまうなんて、言わないでほしい」

「ん？　他人の家をそんなに好きになってどうすんだよ。それとさ」

おれは、歯にくっついたもちを舌ではがしながらミーミを見た。

「おま、いやミーミってさ、年よりくさくないか？　老人が若かりしときをなつかしんでますっていう感じで話をするよな」

言いすぎたかと思ったが、言ってしまったものはしかたがない。開きなおって顔をあげると、ミーミの顔がまっ赤になっていた。そのあとすぐに白くなった。口をもごもごと開きかけるのだが、言葉が思うように出てこないらしい。体中に力が入っていて、息づかいがあらくなってきた。

「ヒッキーなんかにあたしの気持ちなんてわかんないわよ」

声がふるえている。

「そりゃそうだ。他人の気持ちなんてわからないよ。説明もしないでさ、わかってくださいなんておかしいだろう。そういうの、あまったれてるって言うんじゃないのか」

おれはどうしたのだろう。口が重くて、しゃべるより絵をかいているほうがらくな性格だと思っていたのに。こんなことは、はじめてだった。

「あたし、あたし……」

あえぐようにミーミが言葉をつなぐ。

肩《かた》がふるえている。泣きだすのではないかと身がまえる。

「あたし、帰る」

うつむいたまま言った声がしずんでいた。

「お、おう」

なんでこうなってしまったんだろうと、忘れていた口の中のもちを再びかみながら考えた。

一まわり小さくなってしまったミーミが、テーブルに両手をつきながら立ちあがった。つられて皿を持ったまま立ちあがった。

「ヒッキー、ひどい」

口の中がもちでいっぱいで言葉を返せない。

おふくろがおくから出てきた。

「あった、あったわよ、かけ軸《じく》の写真」

写真を手に持ったまま動きがとまった。ミーミの顔を見て、おれの顔を見た。

「どうしたの？」

「おばさん、あの、あたし、帰ります」

「え、あら、写真出てきたのに。ママのおむかえ？」

「いえ、あの、またこんど見せてください」

無理やり笑顔をうかべておふくろに言うと、ろうかを歩いていった。

「樹《いつき》、なにか言ったの？　ミーミちゃんにあやまりなさいよ」

おふくろは完全にミーミの味方だ。理由も聞かないであやまれなんて、理不尽《りふじん》だ。おふくろが小走りにミーミを追いかけた。一人のこされた食卓《しょくたく》で、おれは最後のもちを口に入れた。横には、かけ軸《じく》が写った古びた写真があった。目だけでそれを見る。おれの記憶《きおく》にまちがいはなかった。写真の中でも、寝《ね》ている子のすこやかな寝顔《ねがお》と、母親の愛情に満ちたまなざしが伝わってくる。あんどんにかけようとしている着物の細かい模様までかかれていた。

どうだとじまんする気持ちが一瞬《いっしゅん》わいた。しかし、じまんしたい相手は立ち去ってしまった。

つぎつぎに変化していったミーミの表情が強烈《きょうれつ》で、映画のこま送りのように目にのこっている。言いすぎたと後悔《こうかい》しはじめた。

本気でおこらせてしまったにちがいない。

もうミーミは来ないだろう。

「ばかやろう！」

なにもかもがおもしろくない。口の中のもちが味気《あじけ》なくなってきたので、飲みこんだ。あとにのこるのは砂のようにざらつく感触《かんしょく》だけだった。

夜、スケッチブックをもてあそんでいた。

さっきから「明かりをかける？」と言ったミーミの挑発的《ちょうはつてき》な言葉がくり返し、頭の中で聞こえていた。

おお、かけるさ、と言いかえしてみるが、手が動かない。おもいきって、コンテをとりだしてきて線をかく。重ねていく。明かりの部分をのこして線をかいていくのだが、そのうち、明かりの部分もかきこみすぎて黒くなってしまった。まったくの闇《やみ》。かくはずの明かりはどこに行ってしまったのだろう。

頭をかきむしり、スケッチブックをほうりだした。

五

部屋の中でうろうろとする。ほしいものがあるのだが、外は梅雨《つゆ》末期の土砂降りだ。買いに行こうかどうしようかと思いながら外を見る。庭木の葉っぱの上を雨粒がつぎつぎに流れ落ちていく。アジサイが体中に雨をうけ、気持ちよさそうだ。

誕生日にもらった外国製の色えんぴつセットの一本が、どうしようもないほどに小さくなってしまった。かき心地が最高だし、発色がきれいなので、とても気に入っている。どうしてもそのメーカーのものがほしい。しかし一本ずつをばらで売っている大きい画材店に行くためには、電車にのって、となりの町まで行かなくてはならない。

かきかけの絵を見る。

「よし。行くぞ」

気合いを入れて、さいふをにぎりしめた。おふくろに声をかけると、ついでに買いものをたのまれた。

画材店はおれにとって天国だ。目当ての色えんぴつをチェックする。持っていなかった微妙《びみょう》に色合いの異なるものも試しがきをしてみる。気に入ったものを、予算の範囲内《はんいない》で買うことにした。

いつか完全セットで買ってみたい。百五十色もそろっているセットに目が行くが、値段を見て大きなため息をつく。手持ちのセットでも、かなりの値段だ。買える日が来るのだろうかと、百五十色入りのケースをなでた。

となりにある紙のコーナーでは、手ざわりを楽しみ、光にすかして見る。大きな紙を前に、いつになったらこの紙にはずかしくない絵がかけるようになるのだろうかと、想像する。まだ、つかったことはないが、油絵の具、アクリル絵の具の前もとおりすぎることはできなかった。

おもわず時間をくってしまった。あわてて、かさを開いて外に出ると、あいかわらずの土砂降りで、おもわず首をすくめた。水たまりをさけて、書店の前をとおりすぎる。

ふと前を見ると、人通りもまばらな歩道にたたずんでいる人がいた。雨のたばが、そこだけたくさん集まってしまったかのように、かさの上で荒々しく飛びはねている。

書店の前というより、となりのラーメン屋の前にその人は立っている。湯気といっしょに食欲をそそるにおいがたまらないと思ったら、はらが鳴った。

「あれ？　あのかさ、あいつのじゃないのか」

おれはすれ違いざまに顔を見た。

「やっぱりだ、ミーミ」

紺色のレインコートにモスグリーンの長ぐつをはいたミーミがこちらをむいた。瞳《ひとみ》が雨の色をしていた。おどろいた様子でしきりにまばたきをくり返しておれを見る。ふんというように、歩き去っていく。なんだよと心の中で文句を言い、おれは反対方向に歩きだした。急にうしろから、かさをとんとんとつつかれた。ふり返るとミーミが立っていた。

「ね、ここにいたこと、ママにも、おばさんにもだまってて」

「え？　ああ」

「お願い」

水たまりに風がふいたように、瞳《ひとみ》がゆれている。

「わかったって。ラーメン、食いたいのか？　なんなら、おごってやろうか？」

弱みをつかんだような気がして、にやにやしながら言った。

「え？」

目を大きく開いてラーメン屋の看板を見あげたミーミは、力なく首をふった。

「ここ、おいしいの？」

「今日はこの雨だから行列はできてないけど、いつもはとおるのも大変。肉厚チャーシューと、かつおだしのスープが評判の店だよ」

「へえ。ヒッキーも食べたことあるんだ」

「なんどもあるさ。かえ玉を二つたのんで、胸やけがしたこともあったけど、うまかった」

思い出してもよだれが出そうだ。

「かえ玉、二つ？」

おどろいた声をあげたミーミがちょっと笑った。

「あたし、めんの一本でもいいから食べてみたいなって思ったんだけど、かえ玉、二つって、すごい」

おもわずふきだした。

「めん、一本って、なんだよ。その小さな食い方って」

「おかしい？　あたし、ラーメン、食べたらどうなるんだろうな」

ふうっ、と小さく息をはきだして顔をあげた。

「うん、あたし、帰る。帰れる。ヒッキー、約束だよ。だまっててね。ラーメン、食べたそうにお店の外につっ立っていたなんてママが聞いたら、きっと泣きだしちゃうから。お願い」

かさの柄《え》をわきにはさみ、両手でおがまれた。声がいつものミーミにもどっていた。

「わかったって。だいじょうぶだよ」

ミーミはもう一度看板を見あげ、おれに軽く手をふると、かさをくるくるとまわして反対方向に歩いていった。

見送りながら、めん、一本でもいいから食べてみたいというミーミの言葉を思い出して笑った。しかしすぐにつぶやく。

ラーメンぐらい、食べればいいのに。どうしてもだめなのか？

みみっちいラーメンのめん一本をがまんしなくちゃならないミーミ。いままでどれだけのことをあきらめ、がまんしてきたのだろう。ラーメン屋の前で食べるのをあきらめたミーミの姿が、においにつられてはらが鳴ってしまうおれにはこたえた。

かわいそうだなんて思わない。同情なんてするもんか。でも、かえ玉で胸がつかえる以上に胸にせりあがってくる思いがあった。

雨はますます強くなってくる。おれは足早に歩きだした。

今年の梅雨《つゆ》は長い。異常気象らしい。今日も、雨こそふっていないが、どんよりとした天気で、気温は低めだ。

ろうかにはらばいになって、スケッチブックに色えんぴつを走らせていた。

台所の電話で話している声がとぎれたと思ったとたん、ろうかを小走りに進んできたおふくろにおれはふまれた。

「いったいなあ」

「あ、ごめん。樹《いつき》、つき合って」

うでをつかまれ、立たされた。

返事を待たずに、がちゃがちゃと音をたててろうかのガラス戸のかぎを閉めはじめた。

「ほら、かぎ、手伝って」

閉めるかぎはたくさんある上に、すべてのかぎにクセがある。

「なんだよ、どこ行くんだよ」

こたえがない。

「早く！　そうだ、樹《いつき》、携帯《けいたい》持ってね」

「え？」

のそのそと部屋に入り、ほったらかしの携帯《けいたい》をとりだし、ついでにさいふもポケットにつっこんだ。玄関に行くと、おふくろは車のキーをじゃらじゃら鳴らして待っていた。

「行くわよ」

おれは、くつをはきながら「どこへ行くんだよ」と、たずねる。

「ミーミちゃんがいなくなったらしいのよ」

うつむいたおふくろの表情は見えない。

うらの駐車場へと急いだ。

のりこむと、すぐに車は動きだし、かなりのスピードで走りだした。シートベルトをしめた。

「とりあえず病院へ行く。ミーミママ、そこにいるから……」

おふくろの声が緊張《きんちょう》していた。

「病院？　だって、退院したんだろ？　もう、病院とは関係ないんだろ？」

「検査の日だったんだって。月に一回、まだ検査をうけてるのよ。そこからだまっていなくなっちゃったって……」

口をつぐんでしまったおふくろの横で、フロントガラスに目をもどした。今日は平日だから、ミーミは学校を休んだのかと、どうでもいいことを思っていた。

十分ほどで、病院の駐車場に着いた。すぐに車からおりたおふくろが病院の入口へと小走りになって進んでいく。あわててふりかえると、「早くおりて」と、おれをせかした。

あとを追うように病院の入口にむかうと、おふくろがベンチにすわっている人の横へすとんとこしをおろした。

ミーミママだ。髪《かみ》の毛がのびているが、小さいころ、手作りのクッキーをよくくれたころのおもかげがある。

ミーミママは胸の前で両手をしっかりにぎりしめ、おふくろに話しだした。おれはどこにいたらいいのかわからなくなって、背中あわせのベンチにすわった。ミーミママのふるえる声が耳に入ってきた。

「長く同室だったお姉さんが亡くなってたの。知らせないほうがいいって看護師さんが言ってて、知らなかったものだから、あの子、ものすごくおどろいちゃって……。でも、ちゃんと、診察《しんさつ》うけて、異状なし、落ちついてますよっていう結果も聞いて、だいじょうぶそうだったの。さあ、帰ろうっていうときになったら、とつぜん、かけだしちゃって、そのまんま……」

うんうんとうなずきながら聞いているおふくろは、バッグからハンカチをとりだしてミーミママにわたした。

「だいじょうぶよ。ミーミちゃん、ちょっと一人になりたかったんじゃないの？」

「あの子、あたしの前では泣かないの。ふきげんになって、あたったりすることはあるんだけれど……。とり乱したり、泣いたことない。なにを考えてるのか、あたし、ちっともわからない」

ミーミママの声が泣いている。

いたたまれなくなっておれは歩きだした。どこというあてがあったわけではない。ミーミが急にかけだしてどこかに行ってしまったということだけが頭にあった。

大通りに出ると、バス停があった。ちょうど、体育館行きのバスが来た。体育館にはいないだろうなと思いながらも、まわりの人につられるようにのりこんだ。

バスの窓からミーミが歩いているかもしれないと景色を見る。すぐに終点についた。

体育館がある丘の斜面《しゃめん》には、遊具のある大きい公園がひろがっている。公園の入口には「ようこそ」と書かれたアーチの門があり、両わきにある花だんで、ポピーの花が風にゆれていた。見晴らしがよく、遠くの山なみが見わたせるので、休日にはたくさんの人が集う。しかし、いまにも雨がふりだしそうな空模様《そらもよう》の下、夕方のせいもあって、人影《ひとかげ》はほとんどない。おれは公園を見わたした。

花だんのそばにぽつんと立っている人がいた。ミーミだ。いた、と思うそばから、心配かけやがってという思いがつきあげてきた。すぐに、あれ？　おれ、ミーミのことを心配していたのかと気がついた。

するすると横に立った。

「親、心配してるぞ」

おどろいたように、肩《かた》が動いたが、こちらを見ようとはしなかった。

一歩、おれからはなれた。

「うん」

やっと聞きとれるくらいの声で返事があった。

「連絡だけでもしとけよ。携帯《けいたい》、持ってるんだろ？」

「うん」

声だけで動こうとしない。しかたなく、ポケットから携帯《けいたい》をとりだすと、おふくろの携帯《けいたい》を鳴らした。

「いたから。だいじょうぶだから。もうちょっとしたら連れてく。うん。中央公園」

すぐに携帯《けいたい》が切れた。

「なぜ？　ここだって」

しばらくしてかすれた声がした。

「え？　たまたまバスが来て、のったらここが終点で、ぶらぶらと来たら、いた」

そう、とも、へえとも言わない。そのとき、山の方向で、たてに光が走った。いなずまだ。

だまりこんでいるミーミの横で、間を持てあましていた。

「知り合いが亡くなったんだって？」

言ったとたん、猛烈《もうれつ》に後悔《こうかい》した。いまの言葉を口にもどしたいと痛切《つうせつ》に思った。

ミーミは、しんと立っていた。雷の音がさっきより近くで鳴った。空気をゆらし、風をおこした。ミーミの髪《かみ》の毛を風がはねあげた。

「あたし、三年間入院してて、そのうち一年半もその人と二人部屋でいっしょに暮らしてたんだ。おねえちゃんって呼んでた。おねえちゃん、今年、成人式だったんだけどね、病院から出られなくて、病室でおねえちゃんの家族や、病院のみんなでお祝いしたの。すごくうれしそうにしてた。でも、夜中、泣いてた。声を殺して泣いてた。知ってるの、きっとあたしだけ……」

ぽつりぽつりと話す声が風に流されていく。

「うん」

間のびした声に自分であきれる。

「同じ病気だったんだ。だから、あたしもおねえちゃんみたいになるのかもしれないって思ってて、でも……」

次の言葉が待てない。

「その人とミーミはちがうだろ。おんなじなんてことない」

強い口調で言い返した。

「たくさんの人がまわりで亡くなっていって、あたしは苦しくて、苦しくて、こんな苦しいんなら死にたいって。でも、死ななくて。おねえちゃんは死んじゃって……。あたし、とりのこされたみたいに、こんなとこにいて……」

すいこむ息がふるえているのがわかるほど近くにいるのに、はるかかなたにミーミはいる。体はここにあるのに、ふわふわとどこかをただよっているような、うつろな表情をしている。おそろしくなった。

「あたし、生きてて、ごめんなさいって……」

とどめをさされた。

「おい」

声をかけて、ミーミをつかもうとした。そのとき、ぱたぱたと乱れた足音がうしろから聞こえてきた。ふり返ると、泣き顔のミーミママと、真剣な表情のおふくろがかけてくる。

ミーミママはミーミの前に来ると肩《かた》をつかんだ。ミーミはママの顔を見ようともせず、あいかわらず山に目をむけたままだ。ママは両手に力をこめてゆすぶった。はじめて気がついたように顔をむけ、「ママ」と、ミーミの口が動いた。

「美海《みうみ》、だいじょうぶなの？」

目からぽろぽろと涙を流しているママをかたい表情で見つめていたミーミは、肩《かた》にかけられた手をはずした。そしてまっすぐにおれとおふくろを見た。

「ご心配、おかけしました」

両手を前にそろえ、深々と頭をさげた。しずんだ声。感情をあらわさない表情。他人を拒絶《きょぜつ》している姿。石の彫刻《ちょうこく》にでもなってしまったかのようだ。

これがミーミなのか？　いつも、こうなのか？

家に来ているとき、表情がないと思っていたけれど、それでも、少しは笑ったり、おこったりする。あの表情は家に来ているときだけなのか？

ミーミはママと連れ立って車のほうへむかっていく。ママが近よると、ミーミは少しはなれる。そのくり返し。二人の距離《きょり》はちぢまらない。よりそわない。その距離《きょり》感に気がついて、息をのんだ。

ミーミは、ママさえもよせつけないのか。

ミーミが車のドアを開きながら、ふっとこちらを見た。ぼうっと見送っているおれと目があった。ミーミのくちびるが動いた。

おれは、とっさに手を頭にやった。

ミーミのくちびるが「もさもさ」と動いた気がしたからだ。

むっとした。でも、体から力がぬけていった。

「ミーミちゃん、だいじょうぶかしらね?」

横で泣きそうな声でおふくろが言った。

「だいじょうぶだよ」

「え?」

聞き返されるのはめんどうだ。すたすたと自分の車にのりこみ、シートベルトをしめた。

ミーミはだいじょうぶだ。

根拠《こんきょ》はないが、確信だった。

家に帰りつくと、思いがけないほどつかれていた。ベッドに横になるが、ミーミの姿があらわれたり消えたり、声がよみがえったりして、落ちつかない。

——生きてて、ごめんなさいって……。

ミーミのふるえる声を思い出したとき、がばっと起き上がった。

ちがう。生きてて、悪いことなんて、ぜんぜんない。

なあ、ミーミは生きてるんだよ。これからもさ……。

そうだろ?

姿の見えないミーミに語りかけた。

翌日、校舎の外は土砂降りだ。

気分まで土砂降り模様。ミーミのことを思い出すと落ちこんでしまう自分にはらがたつ。人は人、おれはおれ。マイペースがおれのモットーだ。

無理やり、省吾《しょうご》の似顔絵をノートにかきはじめた。かきはじめると、多少、気分がしゃんとしてきた。

かきなれた顔をいつもとちがえてデフォルメする。買ってきたばかりの色えんぴつののびがいい。

ひまを持てあましているクラスメートがまわりをとりかこむ。

「おい、樹《いつき》、うまくかけよ。うまくな。モデルはいいんだから。忠実にな」

省吾《しょうご》の声が笑いをふくんでいる。

「わかってるよ。なかなかいい絵になりそうだぜ」

かかれている本人には見えないが、まわりに集まってきたやつらには見える。

「がはは、このまゆの形、笑える」

笑い声があがる。せっせと色えんぴつを動かす。

「ね、滝沢くんってさ、女子は美人にかいてくれるの？　なら、かいてほしいけど」

「美人にかくって、どうやるかわからないんだよ、こいつ。もとから美人ならどうかいても美人だけど、そうじゃない場合は覚悟《かくご》したほうがいいって」

省吾《しょうご》がモデル顔をくずさないように言った。

「え、そうなの？　やめとこうかな。でも、この似顔絵、そっくりっていうか、こういう表情するよねって納得しちゃう」

ほめ言葉だと思って、顔がにやついてくる。

「いい男だろ。イケメンと言ってくれてもいいぞ」

「それはどうかな？　好みの問題だ」

かきながら言うと、立ちあがった省吾《しょうご》に頭をはたかれた。

「あ、線がぶれちまった。あれま。似てはいるけど、ゆがんだ」

あせる省吾《しょうご》がノートをとりあげ、

「おれの顔が。この男らしい凛々《りり》しい顔がゆがんでる。こら、樹《いつき》、なんてもんかくんだよ」と、おこりはじめる。

「いや、そっくりだから」

どっと笑い声があがった。

「さて、省吾《しょうご》の分はおしまい。だれか、かいてやろうか？」

まわりを見まわすと、おれもあたしもと手があがった。省吾《しょうご》が絵をなめるように見ている。うまいだろうと、心の中で自分をたたえるファンファーレが鳴っていた。

「おい、樹《いつき》。なにかあったか？」

思いがけない言葉だ。

「ん？」

「いや、ないんならいいけど」

「なに、なに？　滝沢くんって、なにかあると絵に出ちゃうの？」

女子がつっこんでくる。

「いや、長いこと、こいつの絵を見てきたからさ、わかることもあるだろう。この絵、いつもみたいに笑えない。新品のえんぴつのせいかな？　いや、やっぱり、なにかおかしい」

絵を見ながらぶつぶつと言っている。

「うまいと思うけどな」

女子の声を聞きながら、省吾《しょうご》がおれにスケッチブックを返した。

「おれの顔がボテッとしてる、いつものきれのよさがない」

不満げな省吾《しょうご》に、とりなすように女子が言った。

「ね、今日返されたテストの結果のせいじゃない？　省吾《しょうご》と成績を競ってて、負けたとか。それがくやしくて絵がいつもよりへたくそになったとか」

「ばかやろう。頭脳明晰《ずのうめいせき》なおれと勝負するなんて、樹《いつき》はしないよ」

「そっか、滝沢くんの勝ちってわかってるもんね」

省吾《しょうご》が女子をにらみつけた。そばの男子が言う。

「じゃ、女だ」

その一言で心が波立った。外には出さないように努力しながら、絵に視線をおとした。

「女？　それだけは、ありえない」

省吾《しょうご》が言いながらふきだすとまわりも笑いだした。

「スランプか？」

省吾《しょうご》に肩《かた》をたたかれた。そうかなと笑い返しながら、笑いきれなかった。目の前の省吾《しょうご》の似顔絵の線が、まったく生きていない。どうしたというのだろう。

家のろうかにぽつねんとすわりながら庭をながめていた。おふくろが流しているC《シー》D《ディー》のけだるいピアノが聞こえてくる。ミーミが持ってきた曲だ。ミーミと思ったとたんに、ずんと気持ちがしずみこむ。スケッチブックを開いてみるが、かきたいという思いがまったくわいてこない。なんでもかくというのがおれの習性だと思っていたのに、かけない。省吾《しょうご》の似顔絵はひどかった。自分に裏ぎられた気がする。

曲をききながら、えんぴつを動かす。シーソーが上に行ったり、下におりたりするイメージが頭にうかんだ。スケッチブックにかきとめる。曲に合わせてさらさらとかくのだが、ちっとも楽しくならない。気持ちの入っていない形って、無意味な線のつながりでしかない。外をながめながら、ごろりと寝転《ねころ》んだ。

急に、植えこみのむこう側で葉がゆれ、がさがさという音がしてきた。まさか、ミーミがあんなに低いところ、そう、地面をはうようにして顔を出すわけがないと思うのだが、おもわずどきっとする。ミーミがつぶやいた言葉がまた、心をつきさす。

体をおこして目をやると、犬があらわれた。となりの家の犬だと一目でわかる。脱走ぐせのあるこの犬、たしかペスという名前だった。この庭は自分の庭だと思っているのか、堂々としている。しきりにあたりのにおいをかぎ、ところかまわず、うろつきまわり、マーキングをしている。見られているのに気がついたらしい。こちらをむいた。たれた耳をきゅっとあげ、ととと、と近よってくる。あみ戸に鼻をくっつけ、くいくいとおしてくる。にかっと笑っているように口が開き、舌をつきだしてきた。

「また、ペスが来てるよ」

台所に声をかけながら、ほうりだしたままのスケッチブックをひろいあげた。ぐだぐだするなんておれらしくないと思いなおし、色えんぴつのふたを開く。新しく買ってきたオリーブブラウンとタンの色をとりだし、さらさらとペスをかきだす。たれた耳、ふさふさとした尾、少し太り気味なおなか。つややかな真っ黒な鼻と大きな目。毛玉ができたうしろ足のつけ根。急にペスがふり返った。得意そうになにかをくわえてきて、こちらを見る。松ぼっくりだとわかる。くわえたまま器用にほうり投げ、転がるのをおさえこむ。ワンと一声ほえた。

ペスの動きが速くて、手がついていかない。さらさらと動きを追うように、スピーディーにかいていく。こら、じっとしてろ。お、そのポーズ、おもしろいと、ぶつぶつ言いはじめる。急にペスの尾がさがり、庭の入口あたりを気にしている。

「ごめんなさいね。またペスが入りこんじゃって」

となりのお姉さんが姿を見せた。ペスがのたのたと植えこみの中に入っていった。

どきっとした。いつもならとなりのおばさんがペスを連れに来るのに、今日はお姉さんだ。かいていた線がすべった。

「こら、ペス、いらっしゃい」

お姉さんのとがった声がする。しょうがないわね、というあまさが声の調子にふくまれている気がした。スケッチブックをおいて、外に出る。

長い髪《かみ》をシュシュで簡単にまとめ、長そでのT《ティー》シャツにジーパンというラフな格好をしたお姉さんがこちらを見て笑っている。ぼうっとその笑顔に見とれてしまった。

「あら、樹《いつき》くん。いつもごめんなさいね。いま、連れて帰るから」

声をかけられどぎまぎする。

「こ、こんちは」

整った鼻筋にあせのつぶをのせ、リードを片手に、植えこみの中に声をかけはじめた。

「ペス、ペス、いらっしゃい」

まったく反応がない。いっしょになって声をかける。

「そうだ、ほら、ペス、ビスケット、ビッケよ。ほらほら」

がさがさと植えこみがゆれた。ぬっと顔を出したペスはお姉さんのてのひらの上のビスケットに飛びついた。すかさずお姉さんがリードをかけた。

「確保、完了」

お姉さんがにっこりとして、立ちあがった。ろうかに広がったままのスケッチブックに気がついたらしい。

「あら、絵、かいてたの？」

あいまいにうなずく。お姉さんが絵に近よっていく。

「わ、ペスだ。かわいい！　樹《いつき》くん、じょうずね。すごい、すごい。これ、ペスの得意のポーズよ。すごく特徴《とくちょう》つかんでる」

高い声をあげた。

「ね、この絵、くれないかな？　だめかな。すごくかわいい。写真じゃなくって、あったかい線でかかれたペスなんて、家にないんだもん。だめかな？」

うろたえた。

「いや、だめってことないけど、もう少し、きちんとかきたいかなって思って……。だから、少し時間くれたら」

「え、かいてもらえるの？　わ、うれしい。ね、ペス、よかったね」

ペスに笑いかけるお姉さんの顔がとてもやさしくて、さわやかだ。

「あら、こんにちは」

おふくろがエプロンで手をふきながら庭におりてきた。

「ペス、もうつかまえた？　様子を見に来たんだけど……」

お姉さんはリードを持ち上げて、このとおりです、とおふくろに返事をした。

「おばさん、樹《いつき》くん、絵、じょうずなんですね。ペス、かいてくれるって」

「あら、そうなの」

二人の話がはじまったので、おれは早々に退散することにした。ペスはいままでの野放図さとちがって、伏せの体勢で、こちらを見ていた。

心の中で、どんなポーズでかいてほしいかたずねたが、返事はなかった。

ろうかにあがり、スケッチブックを開く。はりきりはじめた心をおさえながら、どの絵がいいかなと考えはじめる。いろんなポーズを全部一枚にかきこむというのもいいかなと構図を考える。まん中に伏せの体勢のペスをかいて、遊んでいる姿、マーキングしている姿、ふり返ったときの姿をまわりにかいてもおもしろいなと、絵に集中していく。

ふと、おふくろの言葉が耳に入った。

「そうなの、留学しちゃうの。やっぱり、声楽のほうの学校？　いつからなの？」

えんぴつの動きがとまりそうになった。

お姉さんは声楽の勉強をしている。帰り道、お姉さんの歌声が聞こえると、おれはいつもゆっくりと歩いた。風にのってくるすんだ歌声を聞きながら、歌う姿を想像したりもした。発声練習のときもあったし、外国曲を高らかに歌っているときもあった。このごろ、歌声が力強くなってきたと感じていたところだ。

そうか、留学か。お姉さんは歌い続けることに決めたんだ。

楽しそうにおふくろと話しているお姉さんの声を聞きながら、おれの心はしずんでいった。

もう、あの歌声が聞けなくなってしまう。おれのひそかな楽しみが消えてしまう。

とつぜん、とりのこされてしまったとつぶやいたミーミの声がよみがえる。

これがそうなのか？　とりのこされるという気持ちなのか？

いままで感じたことのなかった思いがぶくぶくと心の中にわきあがってくる。

（おれらしくない）

えんぴつをにぎりなおすと、絵に入りこもうともがきはじめる。

「じゃ、失礼します。ペス、あいさつしなさい。樹《いつき》くん、無理しなくていいからね、都合のいいときにね」

ペスは立ちあがるとおもいっきりのびをして、はねまわりながらお姉さんのうしろについていった。

夏休みの昼下がり、惰眠《だみん》をむさぼっていたおれは、飛び起きた。玄関の戸が開く音と同時に聞きなれた声がしたからだ。ベッドの上であぐらをかき、タオルケットを丸めて、意味もなくだいた。

ミーミだ。いや、寝《ね》ぼけているのかもしれないと、頭をふった。

部屋の外から、おふくろのはずんだ声が聞こえてくる。まちがいなくミーミとミーミママの声がする。続いてろうかを歩いてくる足音がする。ギシーと、部屋の近くの音が聞こえてきた。

まずい。

ちょうつがいはまだこわれたままなので、ドアはあけっぱなしだ。ろうかからのぞけば、一目で部屋の様子が見てとれる。

おやじに早くなおしてくれと言ったら、ちょうつがい自体が年代もので、特注しないと手に入らないと返事があった。ホームセンターで買ったものでいいじゃないかと軽く言ったら、すごい目つきでにらまれた。こだわりの家。めんどうくさいこと、この上ない。

来客などめったにないので、そのうちなおるだろうとほったらかしにしておいたちょうつがいに悔《く》いがのこる。

「やばい」

「ヒッキー、こんちは」

ろうかからミーミの声がした。

「やっぱり、ねてたんだ。ミーミちゃんが来てあげたよ」

丸めたタオルケットを横におきながら、体をドアのほうにむけた。

「来てくれなんて、たのんれない」

寝《ね》起きで舌がよくまわらない。

「ほら、よだれ、よだれ」

え？

あわてて、口のまわりをこする。

「ウソでした」

「ばかやろ」

ほほえみをうかべて入口に立っていたミーミはそっと部屋に足をふみ入れていた。

「この部屋、ドアがないと、ろうかの延長みたいだね」

「おいおい。入ってくるなよ。おふくろだって遠慮《えんりょ》して入ってこないんだぜ」

無視された。

「目がさめた？」

主導権は完全ににぎられている。

もさもさの頭をぼりぼりとかくおれの目の前にミーミがいた。民族調のがらのワンピースをすずしげに着こなしている。少しつり気味な目の中からこちらを見ている強い光に一瞬《いっしゅん》、たじろぐ。

「なんなんだよ。いっつも、じゃましに来てさ」

いままでどおりの言い方ができた。

「じゃま？　寝《ね》てただけでしょ。むだに寝《ね》ている人をじゃまするとは言わないでしょ。起こしてあげたって言うのよ。親切なんじゃない？」

頭が少しずつはっきりとしてくる。雨の中、ラーメン屋の前でたたずんでいた姿、いなずまの走る山なみを見つめていた姿が、頭の中をよぎった。ミーミはもう来ないと思いこんでいた。しかし、目の前にミーミはいる。

まるでなにごともなかったかのように見なれた顔をしてミーミは立っている。かたい表情ではなく、ほほえみさえうかべている。

落ちこんで、心配して損をした。

でも、よかった。

あくびをしながら、両手をあげてのびをした。

ミーミが人さし指を台所のほうへむけた。

話し声が聞こえてくる。

「とどけものがあるってママが言うから、車にのってきたの。ついでよ」

「おっ、おやつか？」

「このあいだの梅で作ったジャム。それと、梅ジュースを持ってきたよ」

「ジャムか。パンでも焼いて、のっけて食うかな」

聞こえなかったのか、するすると部屋の中に入ってくる。

「おい、勝手に入んなよ。おれの部屋だぞ」

「じゃ、失礼します」

おどけて頭をさげた。

「お、おお、ま、いいだろう」

いや、やっぱりだめだろうと思うのだが、ミーミに対して、おれはまったく弱気だった。ふふふ、と笑いながら部屋をつっきっていくミーミの背中に、つぶやいた。

「もう、来ないと思ってた」

くるりとふり返ったミーミには、つぶやきが聞こえたらしい。

「来たよ、また。うれしい？」

「ば、ばか言ってんじゃないよ」

「あたしね、ヒッキーがいやそうな顔をするの、わかってるんだけど、初心っていうか、原点っていうのかな、最初の気持ち、それをつらぬくことにしたんだ」

「初心？　原点？　それ、なんだよ」

返事はなかった。

観音開きの窓を閉じたり開いたりして、満開のサルスベリの花をつついている。体をのり出して外をのぞきこんだ。

「この窓、一度、開いてみたかったんだ。昔、おばあちゃんがいた部屋だったから、入ることができなかったでしょ。はじめてだよ。この窓にさわったのって。風が強いと、ばたばたするのかなって思ってたら、ちゃんととめておく金具がついてるんだ。本当によくできてるね」

いまはおれの部屋だとつぶやくが、うるさいほどのセミの声にかき消されてしまった。ミーミは年代ものの窓わくをさわりながら、この家、いいねとつぶやいた。

「おじさん、うらで木を切ってたよ。どっか、またこわした？」

「こわしてない。便所の戸の建てつけが悪いって言ってたから、なおしてるんじゃないかな」

「トイレって言ってよ」

「いや、大正時代、いまから百年近く前に宮大工《みやだいく》が建てたこの家には、便所っていう言葉がふさわしいだろ」

「昔の宮大工《みやだいく》さんって、ふつうの家も建てたんだね。純和風の洋室って、不思議。でもこの家にはしっくりしてるのよね。ちょうつがいだっけ、まだなおさないの？」

「いま、部品待ち。ちょうつがい、おんなじものはできないから、似たようなものを特注するんだって。この家って手間がかかるんだよ」

ミーミは窓の横の柱にそっと手をあて、下にゆっくりとなでおろした。

「そこが、ぜいたくっていうの？　あたし、いいなって思う」

「また、この家をほめるのかよ。でもおやじが聞いたら喜ぶせりふだな」

ふと思いつく。

「そんなにこの家が気に入ってるんなら、おやじの手伝いでもすればいいだろう？　おれはねむいんだからさ」

ミーミが顔をむけた。

「ヒッキーからかってるほうがおもしろい」

からかうような表情がうかんでいた。

「あのさ、気になってるんだけど、その、ヒッキーって呼ぶの、やめろよ」

「どうして?」

「小さいころの呼び方ってさ、なんていうのかな? 気持ち悪いんだよ。それにヒッキーって、いまじゃ、引きこもりの総称《そうしょう》だろ、おれ、引きこもってない」

「そうかなぁ。いい若いもんが、遊びにも行かずに、日がな一日、コモってるじゃん。だから、どっちにしても、ヒッキーだよ」

「あ、あのさ、滝沢樹《いつき》っていうちゃんとした名前があるんだよ、いつきと呼べ」

「それなら、あたしだって、森《もり》美《み》海《うみ》っていい名前があるんだよ。ヒッキー、あたしのこと、ミーミって呼ぶじゃない。あたしのこと、みうみって呼べる?」

「最初にそう呼べって言っただろう」

「え？　ミーミもしくはみうみって言っただけだよ。みうみって呼ぶ選択《せんたく》の余地はあったはずだけど？」

言葉につまった。

「うんと小さいころから、ヒッキーはヒッキーだったんだもん。幼稚園のころ、ちゃんといつきって呼べないころよ、ヒッキーって呼んだら、ヒッキー、ふりむいたもん」

「昔の話だろ」

「昔か、昔って、どこかに行っちゃうものなのかな。幼稚園のころのあたしと、いまのあたし。同じあたしなのに、病気をする前のあたしって、本当にいたのかなっていう気がしちゃうの。とりもどせるなら、とりもどしたいなって……」

まじめな顔になって、視線を遠くに泳がせた。続く言葉を待った。

急に、おれのつくえの上で目がとまった。

「絵、かいてたんだ」

「ん？　いたずらがきさ」

無理やりに近い気持ちでかきだした絵に目をとめた。

タオルケットをくしゃくしゃと丸めて、ベッドの上にすわりなおした。

「ふうん。色もつけたんだ。あれ、この写真、写したんだ」

ミーミは写真を手にとると、興味深げに絵と見くらべはじめた。

「写生にも行かずに、写真を絵でかくって、どうなの？」

疑わしそうな声でつぶやく。

絵は、まあまあ気に入ったしあがりになっている、と自分では思う。

だが、ミーミに見られるのはいやだ。あわててベッドからおりたが、タオルケットが足にからまって、頭から落ちた。

「なにやってんだか」

ちらっとおれを見た視線を絵にもどした。とても真剣な顔で見ている。

「おい、そんなに見るなよ。穴があくだろ」

絵をとりあげようとするが、ミーミはさっとよけた。

ミーミは絵から顔をあげずにつぶやく。

「写真をじょうずに写しましたっていうことはわかるわ。でも、この絵、のっぺりとしてる。写真にある古い農家、絵の中だとすごくうそっぽくない？　写真の中からだって、昔から、それなりに手を入れて大事にしてきましたって伝わってくるのに、この絵だと、たんなる古びた農家っていうことしか伝わってこない」

むっとする。

「気に入らないなら見るなよ」

おれの声は聞こえないようだ。

「これって、秋の風景でしょ。風のひんやりとする雰囲気《ふんいき》とか、日ざしの少し弱くなったとことか、秋の草花のはかなさとか、ぜんぜん伝わってこない」

「おい、聞いてるのか？　文句を言うなら見るな」

絵を見るのに夢中で反応がない。

「でも、この木。これはちょっといいなって思うよ。写真には写ってないこの木。なんだか見おぼえがあるんだけどな。あ、そうだ。このうらにある、シイの木、ドングリの木でしょ？」

するどい。

「あたし、この木、そう、この二段目の枝に登って、おりられなくなって泣いたことある。おぼえてる？　ヒッキーも木の下で泣いてたよね。でも、なんで泣いたの？」

「え？　そんなこと知るか。っていうか、そんなことあったっけ？」

「そのとき、おばさんに助けてもらったの。いま、思い出した。すっかり忘れてた」

この木、なつかしいと、もごもごつぶやきながら、そっと絵の中のシイの木にふれた。

また、思い出話になった。あせがふきだしてくる。「あちーなあ」と半そでのT《ティー》シャツのそでを無理やりのばしてあせをふいた。

「絵、好きなのか？」

絵から目をはなさないミーミの姿に声をかけた。

「うん。かけないけど、見るのが好きっていうか、それ以上かな」

「かかないんなら、見る以外になにするんだ？」

「別に見るだけだけど。あのね、入院中、ひまで、つらくて、うんざりしてて、でも、絵を見ていると、時間が少しだけ早くすぎる気がしたの。絵としゃべるっていうか、いろいろと想像するの。ピアノをひいてる二人の少女の絵があってね。どんなおしゃべりしながらひいてるんだろうとかって想像するの。赤ちゃんがすやすや寝《ね》てる絵も好きで、ほっぺたがやわらかそうで、おもわずつっつきたくなったりして。そういう絵が好き」

「ふうん」

「本、読んだり、絵を見たりするしかなかったから。なんて言うのかな、絵って、絵のおくになんかとっても大きいっていうのか、ひろがってるものがあるっていうか、わかんないけど、かかれたもの以外にもなにかあるっていう気がするの」

「わからん」

「そうだよね。言ってるあたしも、よくわからない。でも、絵が助けてくれることもあるんだよ」

「ますます、わからん」

「ふふ、あたしも、わからん」

おれの口まねをして、部屋から出ていった。

ばかやろうとおもわずつぶやく。

ミーミは、おれの絵を食い入るように見ていた。とても真剣な声でおれの絵の感想を言っていた。自分の絵の感想を、まじめに聞いたことなどなかったから、正直、とてもおどろいた。うまい、へただけではなかった。かきながら思っていたことがミーミには伝わっているらしいと気がついたとき、ひどくはずかしくなってしまった。絵の中に自分の全部をさらしてしまっているような感覚。はじめてのことだった。

立ちあがって、つくえの上におかれ、ミーミが文句をいった絵を見た。ほうりだすようにおかれていたときとちがって、ミーミのてのひらのあたたかさが移っているような気がする。ずけずけと文句をつけていたわりに、絵をあつかう指のやさしさにおれは気がついていた。

あらためて絵を見なおす。古い農家もまわりの草も、形をなぞっただけでしかないと気がつく。そして、ほめられたらしいシイの木がバランスは悪いものの、しっかりと地面に根をおろして絵の中に立っている。くやしいけれど、ミーミの意見は的確だ。

自分のかいた絵をしげしげと見る。つくえの横のたなから新しい紙をとりだした。

アイデアがうかんだ。

シイの木の上から写真の風景を見おろした構図にしたらどうなるのだろう。かきたいという強い思いが、つき上げてきた。久しぶりにわくわくする感覚だ。

つくえの上の白い紙をてのひらでそっとなで、息をふきかける。どさっとイスにすわりこみ、えんぴつと消しゴムを手に、かきはじめる。どんな絵になるのだろう。

(ミーミ、見てろよ。うなるような絵、かいてやるからな)

全体の配置をざっと決め、それにそって、かき進める。かくそばから、気に入らない線、むだだと思う線を、左手に持った消しゴムで消していく。息をそっとはきながら線をていねいにのばしていく。線も呼吸をしてほしいと願うが、それがなかなかむずかしい。なん回もくり返していく。イメージしていた絵が少しずつ形になってくる。古い農家や道が紙から立ちのぼってくる。

かがみこんだままの体勢をおこし、全体を見わたす。つぎつぎにかきこむアイデアがわいてくる。細かい線をかきこみながら、風になびいている草の姿を思う。きっとかがやいていただろう。どうすれば、かがやきを表現できるのだろう?

ミーミたちが帰ったのにも気がつかなかった。

駅前の商店街のハナミズキの街路樹が葉を落としはじめている。うろうろしていたら、うしろから声をかけられた。

「おい、樹《いつき》、なにしてるんだよ」

ふり返ると、ユニホームを着た省吾《しょうご》がチャリにまたがっていた。

「おう、サッカーの帰りか？」

省吾《しょうご》とは小学生時代、同じサッカークラブだった。省吾《しょうご》はサッカーを続け、いまではクラブチームのエースストライカーだと聞いている。どうやらいま、試合の帰りらしい。

「おつかれ。残念だったな」

あん？　という顔でこっちを見る。

「なんで負けたってわかるんだ？」

「顔に書いてある」

「かなわないな。お見とおしかよ」

笑い顔が日焼けした顔に広がった。

「樹《いつき》は、なにしてるんだよ？」

「買いもの帰り」

画材の入った袋をあげて見せた。省吾《しょうご》が首をのばして中をのぞきこんだ。

「お、家でもかいてるのか」

省吾《しょうご》がつぶやいた。

「ま、ひまつぶしだけどな」

「そんなことないだろう。おまえ、才能あるよ」

「ないない」

顔の前で手をふった。

「ごけんそん。小学生のころからの友人であるおれの目はたしかだぞ。おまえのかいた似顔絵、いまだってうけてるじゃないか」

省吾《しょうご》はなつかしそうに話しはじめた。

「おまえさ、昔、コーチの似顔絵かいたときのこと、おぼえてるか？」

最悪の負け試合のときのことだ。試合のあと、コーチがものすごくふきげんになっていた。みんなびくびくしていて、まずいと思ったおれは、さらさらとコーチの似顔絵をかいた。ふきげんそのもののコーチの顔をデフォルメしてかいていたら、となりのやつが見てふきだしてしまった。つられて見たほかのやつもふきだした。とりあげて、その絵を見たときのコーチの顔を、きっとおれは忘れない。

思い出し笑いが許されるほど、たわいのない話だ。

「それとさ、負け試合のときで、オウンゴールして、しょぼくれてたやつの顔、それ見てなぐさめられるっていうかき方だったし、おれさまの見事なシュートのほこらしげな顔の絵、いまだに持ってるんだぜ」

「え、そうなのか。はずかしいな。おれさ、サッカー、へただったからな。そのくらいで、貢献《こうけん》しないとって思ってたんだ。チームの雰囲気《ふんいき》盛りあげるのなら、なんとかできるんじゃないかってさ」

「サッカーなんかとくらべるなよ。あの似顔絵見て、おまえ、いいやつだと思ったもん。おれは、サッカーのへたくそなやつなんかとつき合うヒマなんかないと思ってたけど、おまえはちがった。こいつ、サッカーはへただけど、おもしろいってな」

「似顔絵のとり持つ友情ってやつ？」

「わ、なんだ、そのせりふ」

省吾《しょうご》の顔はかきやすかった。団子鼻の横に大きなほくろ。二重まぶたの大きな目の上にのっかったげじげじまゆ毛。三角形の顔かたちに、両わきについた耳たぶの大きな耳。

おこったり、笑ったり、くやしがったりが、これらのパーツを動かして顔に出る。省吾《しょうご》の顔で似顔絵がうまくなったようなものだ。

省吾《しょうご》と連れ立って歩きだした。ときどきポケットから携帯《けいたい》をとりだして見ている。大げさにため息をつき、チャリをけっとばす。

「そんなにくやしいのか？」

「逆転負け。それも、ロスタイムでさ」

「それはあとひくな」

「いつもはだいじょうぶなんだけどな。今回はちょっとな」

省吾《しょうご》ははきすてるように言った。

ぶらぶらとならんで歩いているうちに、省吾《しょうご》の顔からくやしさがぬけていった。

「話、ちがうけどさ。おまえさ、森美海《もりみうみ》って、知ってるか？」

「は？」

省吾《しょうご》がなんでミーミを知っているのだろう？　おれは、めんくらった。

「おれさ、クラブチームに入っただろ？　いろんな学校からメンバーは来てるんだけど、後輩《こうはい》の話の中に、森美海《もりみうみ》っていうのがよく出てくるんだよ。そいつ、私立だったはずだけど。その森美海《もりみうみ》って子、なんだかひどく変わってるって話でさ。話してたやつの家、おまえんちのわりあい近くなんだよ。まわりはみんな建てかえられたのに、とりのこされたみたいな、文化財一歩手前の古い家って、おまえんちくらいだろ？　そこから出てくるの見たって言ってたから、もしかして知ってんじゃないかと思ってさ」

他人の目というのはおそろしい。

「まあ、なんだ、幼なじみって言えば、幼なじみだけど。省吾《しょうご》と知り合う前までかな、家に来てたことがある。省吾《しょうご》が転校してきたのって、三年生くらいのころだろ？　このごろ、また来るようになった」

「お、そうか。やっぱりな。知り合いだったのか。後輩《こうはい》と帰るとちゅうで、偶然《ぐうぜん》、ちらっと見かけたけど、きりっとしてて、かっこいいよな。森さんて」

「そ、そうか？」

声がひっくり返ってしまった。

細いつり目がこわいと思っているのに、かっこいいとは。省吾《しょうご》の目が信じられなかった。

「後輩《こうはい》の話じゃ、森さんって一年生だけど、おれらと同い年だって、本当か？」

「同い年だけど、え？　いま、あいつ、一年生なのか」

「え？　知らなかったのか？　ほんとに幼なじみなのかよ」

「あ、ああ」

省吾《しょうご》の追及がいたい。おれはいまのミーミのことはほとんど知らない。

ミーミが一年生？　一つ下の子といっしょの学年って、どんな気持ちなのだろう。そんな話聞いたことなかったな、と思って気がついた。ミーミは自分の話をまったくしない。昔の話と、おれとミーミの目の前にあることばかりだ。

「で？　なんだ。ミーミがどうした？」

「おいおい。ミーミって、森さんのこと、ミーミって呼ぶのか？　その呼び方いいな」

「みうみって呼びにくいから、小さいころからそう呼んでた。幼稚園もいっしょだったし、おふくろ同士は仲がいいから、家にもよく来てた」

「ふーん。幼なじみというのはどうやら本当らしいな」

省吾《しょうご》がおれの手に持っていた画材を、チャリのカゴのサッカーバッグの上にのせた。

「そのミーミさんさ、後輩《こうはい》の話だけど、クラスでうきまくってるんだってさ。こないだの国語の授業で、先生と議論しはじめたんだって。後輩《こうはい》はなんの話かさっぱりわからなかったって言ってた。なんとかっていう文豪《ぶんごう》の作品の感想が先生と同じだったとか、別の作品では意見がちがってたりして、意見を先生にぶつけてたとか言ってた。ま、後輩《こうはい》は時間がつぶれたって喜んでたけど、みんなは引きまくってたっていうことだ。そんな子なのか？」

「知らん」

「ふーん。おもしろそうな子だな。ミーミさんって」

「え？」

しげしげと省吾《しょうご》の顔を見た。はじめて見る表情をうかべている。もしかして、これは、恋する少年の顔ってやつか？　好奇心をそそられた。

「ま、りくつっぽいっていえばそうだけど。おれの絵に文句を言う」

絵にけちをつけられたことを思い出し、ちょっと言葉にトゲが出た。

「へえ。おまえの絵にね。うまいとしか、おれには思えない絵にね。なかなかするどいな」

これはだめだ。なにを言っても、省吾《しょうご》はよいほうに解釈《かいしゃく》をする。

「あいつ、長いこと病気してたからな……」

ミーミの情報をちらっと口にする。

「そうか。それで一年落ちか。けっこう、つらいよな。かわいそうにな。それでか、そうか」

同情心を顔いっぱいにあらわして、省吾《しょうご》がわかったようなことを口にする。

「おい、久しぶりにおれんちによらないか。新しいゲームあるぜ。それに、もしかしたら、やつ、来るかも」

「やつ?」

「ミーミだよ」

「えっ、そんなに親しいのか?」

「親しくはない。このごろ、おふくろに会いに来る。ついでに、おれをからかっていく」

「行く。よる。じゃまする」

省吾《しょうご》の背筋がピンとのびた。はりきりだした省吾《しょうご》を見て、さそうんじゃなかったとほんの少し思った。

足どりも軽い省吾《しょうご》の横で、なにやらみょうな展開になりそうだという予感がした。

「おじゃまします」

省吾《しょうご》は、だれもいないおくに声をかけ、ろうかをすべりながら進んでいく。家に来る友達は全員と言っていいほど、ろうかを歩かない。みがきこまれたろうかに気がつくと、いきおいをつけてすべっていく。もちろんおれもだ。

「二年ぶりかな？　中学に入ってこの家に来るの、はじめてかな。変わってないな、この家、あいかわらず古い」

「もとから古いんだから、一年や二年でそんなに変わらないよ」

「そうか？　ろうか、あいかわらず、つるつるだな」

省吾《しょうご》はろうかをすべって部屋に入ると、ぐるりと周囲を見まわした。

「やっぱり、変わってる。知らない絵がふえてるし、これって、すごくうまくなってるんじゃないか？」

「そうか？」

柱やかべを傷つけるとがっかりするおやじのために、画びょうではなく、鼻くそと言っている白い粘着剤《ねんちゃくざい》で絵をはることにしている。省吾《しょうご》の言葉で少しはほこらしい気分になった。

つくえの横にはかきかけの画用紙が積み重なり、まわりに絵の具用のバケツ、ぞうきん、そのほか雑多なものがちらかっている。それらをどけながら、すわりこみ、省吾《しょうご》がスケッチブックを手にとった。

「おまえの絵、いいな。笑える絵がたくさんある。コミック本を読んでても、つい、樹《いつき》の絵のほうが、おれ、好きだな、なんて思っちゃうことある」

「そんなにおれの絵って評価高いのか？」

「すりこみってやつじゃないかな？　小さいときから、おまえの絵見て笑ってたじゃん」

スケッチブックをぺらぺらと見て、

「お、これ、担任だ。樹《いつき》のかくくちびるのデフォルメ、けっこうパターンあってさ、このゆがみ具合で、好きかきらいかわかるもんな。わあ、担任微妙《びみょう》か？　やっぱりな」

絵を見て笑っている。

「お、これはなんだ?」

「あ、それ」

省吾《しょうご》から絵をとりあげようとして、よけられた。にやにやしている顔がこっちを見ている。

「ふうむ。これは、これは。だれ?」

「関係ないだろ」

「ふうん」

意味深長な顔でおれの顔と絵を見くらべている。

「まんがっぽい絵の中に、すごく写実的な女性の絵がなん枚もまざるって、どうなんだろうね。樹《いつき》くん。ちょっとこの家に来ないうちにこういうことにね。で、だれ? ん? 年上かな」

頭の中で、必死に言いわけを考える。

「たのまれたんだよ」

「だれに?」

「となりのおばあちゃん。前に、ペットの犬をデッサンしてわたしたら、すごく気に入られて、あとからたのまれたんだよ」

「だって、これ、若いよ。おばあちゃんの絵じゃないよ」

「孫の絵だよ」

省吾《しょうご》の顔がいっきにくしゃくしゃになり、手をたたきはじめた。

「おまえ、人のこと言えないな。おまえだって、本当にわかりやすい。そうか、となりの孫である、美しい女性ですか。このていねいなタッチ、ほお、そうですか」

「ちがうって言ってるだろ。留学しちゃうっていうから、写真じゃなくて、絵にかかれたのがほしいってたのまれたんだ。ぜんぜんちがうだろう」

「おや? なにがちがうんだい、樹《いつき》くん」

「もう、返せよ」

どたばたと、もめはじめたときだ。

「ただいま」と言うおふくろの声にまじって、「おじゃまします」とミーミの声が聞こえた。

「あ？　来た」

「え？　この人、来たの？」

「ちがう。ミーミだ」

すっと息をすうと、省吾《しょうご》の背中がピンとした。無意識なのだろうか、髪《かみ》の毛に手をあてている。

おもわずふきだした。

玄関から、「あら、だれか来てるみたいね」とか、「めずらしい」とか、「このケーキ、さし入れようか」とか、まるで友達同士のようなミーミとおふくろの会話が聞こえてくる。

省吾《しょうご》にも聞こえたのだろう。正座をして、グーにした手をひざの上にのせている。

コーチに説教されるときの姿勢だ。

「おい、おい、なんだよ。そのかっこうは？」

あきれていると、「入るわよ」とミーミが姿を見せた。

「チワーッス」

「なんだよ」

省吾《しょうご》とおれの声が重なった。

一瞬《いっしゅん》、ミーミがびくっとした。

お盆《ぼん》の上には、紅茶と切り分けられたケーキが二人分のっていた。

「母が作ったケーキです。樹《いつき》くんとお友達にって、おばさんが」

「ありがとうございます」

「サンキュー。うまそ」

また二人の声が重なった。

ミーミが器用に、おれたちの前に紅茶とケーキの皿をならべた。細い指がなめらかに動くのをぼんやりと見つめていた。

「はじめまして。森美海《もりみうみ》です」

おれは、わたされた皿を手にもったまま、かしこまってあいさつをするミーミがめずらしくて顔をあげた。いつもよりかたい表情をしている。

「は、はじめまして。海野省吾《うみのしょうご》です。こいつのサッカー仲間です」

ミーミはちらっとこっちを見た。

「へえ、サッカーの仲間がいるんだ」

意外そうな声でつぶやいた。

「おい、食えよ。ミーミのおふくろさんのケーキ、プロ顔負けだから」

「プロだよ。いま、自宅を料理工房用に改装中。といっても、おろし専門だけどね。家で作って、お店においてもらうんだって」

初耳だった。

「すごいですね」

省吾《しょうご》の言葉づかいが、敬語になっている。

がぶりと、ケーキにかぶりついた。

「お、アップルパイだ」

「食べてみなくてもわかるでしょ。嗅覚《きゅうかく》、すごく発達してるんだもの。リンゴとシナモンの香りがいいでしょ? 出はじめたばかりの紅玉《こうぎょく》リンゴで作りました。ママがね。

アップルパイには、紅玉《こうぎょく》リンゴが一番おいしいんだって」

口いっぱいにパイをほおばりながら、ふうんと聞き流し、ぽろぽろとこぼれそうになるパイのかけらを口の中におさえこみながら、リンゴのあまずっぱさに感動していた。

「うまい」

「え？　なんて言ったの？」

口の中のものを飲みこんではっきりと発音した。

「うまい！」

省吾《しょうご》はぎこちない手つきで、パイをフォークで切り分けている。

「おいおい、かぶりつかなきゃ、このうまさ、わからないよ」

省吾《しょうご》ににらまれた。

「森さんは、よく来るんですか？　ここに」

「え？　そうでもないです。親同士が親しいので、あたしはおつかいで来たり、おばさんとおしゃべりしに来たり、です」

あやうく、口の中のパイをふきだしそうになった。この二人のぎこちない会話はなんなのだろう。

おれはさっさと、パイをたいらげた。ぜんぜんたらないと小声でつぶやく。

「あ、もっと、持って来るね」

ミーミはさっと立ちあがった。

「いえ、おかまいなく」

省吾《しょうご》の言葉で、おれは遠慮《えんりょ》なく、口に入っていたケーキをふきだした。

「わ、やだ」

ミーミがさっとティッシュでふきとると、部屋を出ていった。

「いいなあ。森さん、気がきくんだな。おまえ、もっと親切な言葉づかいしろよ。失礼だろう」

「なに言ってるんだよ。それより、おまえ、ミーミはサッカーのコーチじゃないんだからさ。もっと自然にふるまえないのかな。見てて、おかしいよ」

「うるさい」

ミーミが、アップルパイを持ってきた。

「お、なん切れ持ってきた？」

「え？　二切れだけ。のこりはおじさんのぶん」

一個丸のままかぶりつきたいと思ったが、ここはがまんすることにした。

「たくさんどうぞ」

「いただいてます。すごく、うまいです。森さんも、ケーキ、作るんですか？」

ケーキを口に入れながらたずねている。

「ミーミでいいですよ。いつもは、かざりつけを手伝うくらい。ケーキ作りってけっこう体力や腕力《わんりょく》必要だから。でも今日は、リンゴをむいたり、煮つめるのをかきまわしたり、シナモンを入れたり、ちょっとがんばっちゃったかな」

「そ、そうですか」

ミーミと呼んでもいいと言われた省吾《しょうご》の顔がかすかに赤らんだ。

おもしろい。これをかかないという手はない。

パイを再び口いっぱいにつめこむと、ベッドの上にのぼった。そこからだと二人の様子がよく見えるし、いつも身近においているスケッチブックもある。

ぺらぺらとページをめくり、過去の作品をなおしていますというふりをしつつ、省吾《しょうご》の似顔絵をかきはじめた。

かきなれた省吾《しょうご》の顔。さっとりんかくをとり、目鼻の位置を軽く決め、さて、細部にかかろうとしたとき、ぴたっとえんぴつがとまった。

「ん？」

どうしたんだろうといぶかった。

笑っている省吾《しょうご》の顔を見る。

ふっとまじめな気持ちになった。こんな省吾《しょうご》の顔を見るのはもしかしたらはじめてかもしれないと気づいた。

省吾《しょうご》をかくとき、サッカーがそばにあることが多かった。サッカーで勝ったとき、負けたとき、大声をあげているとき、けがをしたとき。省吾《しょうご》の顔をかくときのストーリーはサッカーだった。クラスがいっしょになってからかくことはあった。でもそばにはクラスメートがいて、おどけた顔の省吾《しょうご》しかかいていない。いま、ミーミを前にした顔はまったくちがう表情をうかべている。

照れている。鼻の穴が広がっている。そしてうれしそうだ。

省吾《しょうご》の顔がかけない。おれはとまどった。

ふとミーミを見る。じゃあ、ミーミをかくとするかと思ったが、かきだす前に、いままでミーミをかいたことがないことに気がついた。

細いつり目、ふっくらとしたほお。ほんの少し片方がつりあがったくちびる。見なれたミーミならかけるかと思ったのだが、かきはじめると、つまずいた。

おれやおふくろの前にいるときは、ほんの少しだが笑顔をうかべていたり、必死に泣くのをこらえていたり、おこっていたりする。それがいつものミーミの顔だ。

でも、目の前にいるミーミは、表情を作っている。

おれは髪《かみ》の毛にえんぴつをつっこんだ。

「おいおい。樹《いつき》、おれの似顔絵、かくなよ。こんなときに。ミーミさん、知ってます？　こいつ、すごく似顔絵、うまいんですよ。小学校時代の似顔絵、おれ、まだかざってるんですよ」

「似顔絵ですか？　絵をしょっちゅうかいているのは知ってるけど……」

「そう、こいつのおかげで、サッカークラブの危機をなん回のりこえたことやら」

「やめろよ。その話」

「そのうち、ミーミさんもかいてもらうといいですよ。ちょっと勇気もらうっていうか、元気になるっていうか、いや、もしかしたらモナリザみたいな絵になるかも。な?」

さっき見たとなりのお姉さんの絵を皮肉っているにちがいない。ふんと横をむいた。

「モナリザ?」

つぶやいたミーミの小さい声で視線をミーミにもどした。

「モナリザの謎《なぞ》ですよ」

「省吾《しょうご》、ちがう、モナリザの微笑《びしょう》だよ。な」

訂正しながらミーミを見ると、うなずきながら話しはじめた。

「正式には、モナ・リザだよ。謎《なぞ》っていうのも、ちょっとあたってるかもしれない」

「なんでだよ」

「モナ・リザって、五百年くらい前にかかれた絵なんだけど、モデルのモナ・リザはだれかとか、もしかしたら自画像かもしれないとか。本当は実在しない女性で、作者の理想の女性、想像上の女性なんじゃないかとか言う人もいるの。どうして依頼主にわたすこともなく、ずっと手元において、なおし続けていたのかとか、それこそ、山ほど謎《なぞ》があるんですって」

「へえ、そうなんだ」

「でも、あたし、モナ・リザ、きらい」

「え?」

省吾《しょうご》がかたまった。

「でも、よく知ってるじゃないか」

不思議に思って聞いた。

「なぜきらいなのか、知りたかったから。ひまだったし、いろいろと読んだりしてた」

「ふうん」

「ママが好きだからって、病室のかべにかざってくれたんだけど、あたしは苦手で、絵の視線から逃げたいって思ってた。でも頭を逆にして寝《ね》ても、ななめに寝《ね》てみても、視線がくっついてきて、じっと見られてるっていう気がしちゃうの。あの絵、気味が悪いって思っちゃう。持って帰ってもらおうと思ったんだけど、ママに悪くて、言えなかったの」

声を低くしてさらに続ける。

「モナ・リザって、いつ見てもほほえみをうかべているの。泣いてるあたしを、上から見おろしてるの。ほほえみが、すごく皮肉っぽく感じちゃうの。きれいだからよけいに苦手な絵だって思っちゃうのかな。

病気のあたしのことをじっと見て、『なにか悪いことしたから、病気になんかになったんじゃないの』って言われている気になっちゃうこともあるの。どうしてだろうね。ひねくれてたせいなのかな。あの絵を見てると、あたしって、なんてつまんなくて、いやな子なんだろうって……。

あの絵を見て、勇気がわいたり、元気になったりしないし、あこがれる気持ちになんて、どうしてもなれないの」

省吾《しょうご》があっけにとられてミーミを見つめている。ぼんやりと頭の中でモナ・リザを思いうかべる。モナ・リザの絵に強く反応するミーミは、いままで知っているミーミの顔をしていて、なんだかほっとした。

「そ、そうですか？　悪かったです。きらいな絵の話なんか持ちだして」

「あ、ごめんなさい、ちがうのよ」

ミーミはあわてて口をおさえた。

「あたし、夢中になると、思ってること、言っちゃうの。これでいつも失敗しちゃう。人を混乱させちゃうの。ごめんなさい」

おれはむっとした。

「なんで自分の意見を言って、失敗なんだよ。あやまるんだよ。そんなことないよ。それがミーミだろう。別にだれかがその意見で傷つくわけじゃなし、言いたいこと言っちゃいけないなんて、ないよ。少なくともここではさ」

声がおこっていることに気がついた。

おどろいた顔でミーミがおれを見た。くちびるをかみながら、顔を下にむけた。

気まずい雰囲気《ふんいき》になってしまった。

なんとかしなくてはとあせった。

「そうだ、おもしろい絵、見つけたんだ。見せたいなって思って……」

がさがさと、たなの下につんであった雑誌を調べはじめた。

「えっと、どれだっけな。あ、これ、これだ」

一冊の雑誌をミーミにわたした。

家には納戸《なんど》がある。がらくたや古い本などが積み重なっている。そうじをしていたおふくろが、たおれてきた荷物にうまってしまったのを助けたときのことだ。中にまぎれこんでいたこの雑誌を見つけた。

表紙に、つりあがった目と、一筋縄《ひとすじなわ》ではいかない表情をうかべて、見ているものをにらみつけている少女の絵があった。

「がはは、おもしろい」

省吾《しょうご》が口を大きく開いて笑いだした。

「これって、いまの画家さんの絵だよね。えっと、なんて言ったっけ？」

ミーミが首をかしげている。

「モナ・リザがだめならこれはどうだよ」

「うん、かわ――」

言葉がとまった。おれはおもわず手をうった。

「な、かわ――、あたりで言葉がとぎれるだろ？　かわいいって言いきれないんだよな。なんだかこわいっていう感じもするし……」

笑いながらミーミの反応を見る。

「これ見たとき、この子、ミーミに似てるって思って、ふきだしたんだ」

紅茶をすすりながら言った。

「え？　似てるも似てないも、ミーミさんとは、まったくちがうじゃないか」

省吾《しょうご》もいっしょにのぞきこんできた。

「そりゃ、目や鼻の形の一つ一つはちがうけどさ、この生意気っていうのかな、あんただれなのよ的な人へのせまり方とかさ、そっくりだろ。な、ミーミ」

急にだまりこんで、絵に見入っているミーミに声をかけておどろいた。食い入るように見るとは、こういうことを言うのだろう。ミーミはつり目を大きく見開き、また、細くして、絵の中にのめりこむように体をまげている。

「この子、すごい。視線がまっすぐにあたしにむかってくる。絵の中から、あたしを見てってせまってくる。見てて、つらいほど直線的」

低い声をさらに低くしてつぶやく。

「え？　そうかな」

「うん。すごいよ。ちゃんと説明できないな。この子が頭の中に直接話しかけてくるっていうか、見てるあたしの頭の中で言葉がぐるぐるとうずまいちゃう。ほんとに、すごい」

体に力をこめて見入っているミーミにおどろいたおれは、開いたまま雑誌をとりあげた。ミーミの目が絵の少女をおってついてくる。

「やめろよ。そんなに真剣になるな」

われに返ったように、ミーミがため息をついた。

「モナ・リザの絵は、ふんって言われてるみたいな気持ちになっちゃうけど、この絵、すごい。あたし、似てるかな？」

「ああ、おれは似てると思う。まっすぐなとこなんかさ」

「そうかな。ちょっとうれしいかも。この絵の少女みたいに迫力《はくりょく》はないと思うけど」

ミーミがはにかんでいる。おれは不思議な気持ちになった。

「ミーミって、変わってるな。絵を、ただぼんやり見るってことないんだな」

「そうかな？　あたし、変かな？　見て感じたこと言っただけなんだけど。そうか、きっと変なんだね。あたしって……」

「いや、そんなことないでしょ。絵の見方なんて人それぞれだから。な、樹《いつき》」

省吾《しょうご》が手を顔の前でふった。とりなそうとしている。

しかし、ミーミは表情をゆるめることなく、すっと立ちあがると、部屋から出ていった。

省吾《しょうご》を見ると、こまりきった顔をしている。

「樹《いつき》、おれ、帰るわ」

声を低くして言った。

「お、そうか」

「また、来る」

「おう、そうしろ」

帰りじたくなどそれほどない省吾《しょうご》がめずらしくもたついている。

「森さんってさ」

言いにくそうに省吾《しょうご》が口を開く。

「まっすぐっていうか、真剣っていうか、なんだか、余裕《よゆう》がないっていうか、必死感みたいなのがあるっていうか、すごい大人っていうのか……」

「なんだ？　なにが言いたいんだよ」

「いや、なんでもない」

のろのろと省吾《しょうご》が立ちあがった。ドアに手をかけながら、省吾《しょうご》がつぶやくように言った。

「なあ、樹《いつき》、おれ、サッカーやめることにしたから」

「え？」

爆弾《ばくだん》宣言だった。

「なんでだよ。センスあるってコーチも言ってたし、せっかくクラブチームに入れたのにさ」

「足、ひざがいたむんだよ。今日、負けたのもそのせい。おれのせいだ」

返す言葉がなかった。

「それで、このごろサッカーの話、しなくなったのか。医者に行ったのか？　ちゃんとみてもらったのか？」

「自分の体だ。わかってるさ……」

そのまま、省吾《しょうご》はなにごともなかったように、あいさつをして、帰っていった。

おれは、打ちのめされたような気分で立ちつくしていた。

省吾《しょうご》がサッカーをやめる。

ベッドの上にほうりだされたスケッチブックをふり返って見た。

省吾《しょうご》の顔がかけなかったなんてはじめてだった。サッカーをやめることで、省吾《しょうご》の心が変わりはじめているせいなのか？　心の中にある思いって顔にあらわれるのか？　だから省吾《しょうご》をかけなかったのか？　表面をさらりとかいただけでは、すくいとることができないものってあるのか？

おれはスケッチブックを手にとった。
別のページには、かきかけのミーミの似顔絵がある。
ふいに、ミーミが言っていた声が頭の中でひびいた。
——絵のおくにとっても大きいっていうか、ひろがっているものがある気がする。
絵のおくにひろがるもの？　それって、なんだ？
おれは、りんかくだけかかれたミーミの顔をじっと見つめた。

八

スケッチブックを持って学校へ行く日が続いた。

クラスメートは言うにおよばず、階段にすわりこんで、声をかけられるそばからかいた。前にもましてかいた。省吾《しょうご》とミーミをかけなかったショックをまぎらわしたかったからだ。

学校ではかかれた本人はとても喜ぶ。ちょっとした有名人になっていた。かけるじゃないかという思いが、わきあがってくる。

人の流れが少なくなったとき、とつぜん、「まんが家になるんですか？」と、声をかけられた。

顔をあげると、にきびが、はなやかにほおにちらばっている一年生がいた。メガネがずり落ちるのをかろうじてとめる程度の鼻の高さと、せまい額をした顔は、特徴《とくちょう》をつかまえてかくにはとても簡単だ。

「まんが家？」

おうむ返しに聞きながら、心の中で、まんが家？ となん回もつぶやいた。

「いや、考えてない」

「だって、うまいじゃないですか」

「この程度ならだれだってかけるだろう」

「えっ。そんなことないです。ぼくには、まだ無理です」

「おまえはまんが家になりたいのか？」

そいつは真剣な顔で、おれを見た。

「なりたい、じゃなくてなるんです」と、はっきりとこたえた。

「す、すげえな。がんばれよ」

こたえながら、まんが家になると、照れもなく言いきるそいつの顔をまじまじと見た。

「ちがうんですか。てっきり、そうかと思ってたんだけど。で、絵を教えてもらおうと思ったんだけど、ちがうんですか、そうですか……」と、うなだれた。

「教えたりできないよ。こんなのいたずらがきだからさ。かくと、みんな喜んでくれるから、かいてるだけ」

「へえ。もったいないなと思います」

「もったいない？」

「才能、だだもれっていうやつ？」

「才能？　無いな、そんなもん。おれ、自分を知ってるつもり。ところで、おまえ、かいてやろうか？」

「いや、いいです」

そいつは、肩《かた》を落として階段をおりていった。

チャイムが鳴ったのを聞き、スケッチブックを閉じる。

まんが家？　才能だだもれ？

関係ないと思い、かきたいからかいているだけだと心の中で反論する。

絵を仕事にするなんて思ってもいなかった。

喜んでくれるから調子にのってかいてきたけれど、まんが家という具体的な職業につながるのかと思うと心が冷めてくる。

とつぜん、似顔絵をかくのにあきたと感じた。

めずらしくため息をついた。

頭の中でまんが、似顔絵という言葉がぐるぐるとまわっている。

おれはどんな絵をかきたいんだろう?

おれにとって、絵ってなんだ?

あわのように、疑問がうかんでは消えていった。


放課後、図書室で画集を開いた。モナ・リザの絵をさがしてページを開く。五百年前、天才画家レオナルド・ダ・ヴィンチのかいた傑作《けっさく》だ。それほど大きい絵ではないらしい。

ポプラ板にかかれ、小さなひび割れの入っている絵の中で、モナ・リザという女性は手を重ね、こちらをむいてほほえんでいる。そのほほえみに、すいこまれていきそうだ。やわらかい肩《かた》の線、ふっくらとしたほお、重なった手の存在感。おもわずふれたくなる。完ぺきだ。

(おれの絵と次元、ちがう)

ふっとミーミの言葉が頭の中にうかんだ。

――ほほえみが、すごく皮肉っぽく感じちゃうの。

(そうかな)

おれは、頭をぼりぼりとかいた。

(それにしてもきれいだな)

ため息をつくほどだ。

(モナ・リザが美しすぎて、ミーミ、ねたんでるんじゃないのかな)

ミーミとならんでこの絵を見ている気がしてくる。いくら見ても、こちらを見おろしているとも、皮肉っぽいとも思えない。

(ミーミのほうがおかしいんじゃないか?)

返事のない問いをつぶやいた。

絵から顔をふり子のように、右へ、左へと動かしてみる。たしかに、どこから見ても、モナ・リザの視線がついてくるような気がする。ぞくっとする。どうやってかかれたのだろう？

話が出たとき、もっとつっこんで聞いておけばよかったと絵を前にして後悔《こうかい》した。

(また来るだろうな。そのときに聞いてみよっと)

画集を閉じようとしたとき、目に飛びこんできた単語があった。

『ミューズ』

ギリシャ語ではムーサともいい、ギリシャ神話の中で芸術をつかさどる九人の女神の一人だと書いてある。

ミューズ？　芸術をつかさどる女神？　頭の中に、女神の像がうかんだ。

(女神か。美人なんだろうな)

となりのお姉さんの顔が頭にうかび、にやけかけた。しかしすぐに、待てよと、思いなおした。

(たんに美しいとか、あこがれだけで、芸術と言われ、なん百年も伝えられる絵画をか

けるものなのだろうか）

お姉さんの姿をうち消しながら、モナ・リザをじっと見た。

そして考えついた。

かかずにいられないほどに画家の心をつき動かす女性。強烈《きょうれつ》な存在感をもって、オーラをはなつ女性。ありったけの技術と創造力をこめてかきたくなる女性。画家にとって、ただ一人の女性。それがミューズだ。

『ミューズ』の言葉とともに、モナ・リザの絵が心の中にすとんと落ちた。ダ・ヴィンチにとってモナ・リザは、『ミューズ』だったにちがいない。

ふいに中央公園につっ立っていたミーミの姿が頭にうかんだ。

みょうに心がざわついた。

ぱたんと、画集を閉じた。

玄関を入る前から香ばしいにおいがただよっていた。玄関の戸を手荒くあげてひくと、いっせいにはらの虫がさわぎだした。くつをぬぎすて、ろうかをすべっていく。制服を着たまま、バッグも肩《かた》からさげたままだ。

「あら、お帰り」

ただいまと言い終わらないうちに、かじりついた。五平もちだった。

うまいという言葉と五平もちが口の中にいっしょにおさまった。くるみ味のきいたあまいたれと、米をつぶした感触《かんしょく》が口の中で心地よいハーモニーを奏《かな》でている。

「ほんとにおいしそうに食べるわね」

たて続けに二本をたいらげ、入れてくれた番茶をすすった。

「うまい」

三本目に手をのばす。

「ミーミママから教えてもらったレシピなんだけど、いつもとちがうかしら」

「うん。米のつぶし方がいい感じだし、このくるみ味のたれ、すごく濃厚《のうこう》でよくあってる」

「ははは、そうか。それはよかった、おばあちゃんの作り方よりも若い人むきってことかしらね」

「ミーミママ、来たんだ」

「うん、ちょっとね」

少しはらが落ちついてきたので、おもいきってたずねることにした。

「なあ、ミーミって、いま、一年なんだって？」

「あら、よく知ってるわね。ミーミちゃんが話したの」

「いや、うわさに聞いた。でも、なんでだ？」

聞いたとたん後悔《こうかい》した。おふくろが顔をゆがめた。

まずい。

おれは、五平もちを両手に持ったまま、横をむいた。ぐすぐすという鼻声が聞こえてきたから、背もたれを両足でまたいでうしろをむいた。すぐに泣くんだからと口の中で文句を言う。

盛大に鼻をかむ音がしたので、そっとふり返ると、まっ赤な目をして、ティッシュの箱を引きよせていた。

「ミーミちゃんね。長く、入院してたでしょ。院内学級のある病院をすすめられたんだけどね、どうしてもいやだって。入院していた病院、ミーミちゃんのお家からは近いんだけど、院内学級はなくてね。たまたまその話をしているときに、お見舞《みま》いに行ってたのよ。思い出しちゃった」

また、鼻をかんだ。

「院内学級のある病院はお家からかなり遠くてね。お見舞《みま》いに行くのも大変なのよ。それで、ミーミちゃん、ママのそばがいいって言って、ぜったいにゆずらないの。ママもそばにいてくれないと心配でおかしくなるってあたしには言ってたんだけど、ミーミちゃんのこと思って、遠くても院内学級のある病院に行きなさいって説得してたの」

目から涙がこぼれた。

「ミーミちゃんね、死ぬんなら、ママのそばがいいって」

それ以上、言葉が続かなかった。両手で顔をおおってしまった。

口の中の五平もちの味が少しずつ感じられなくなっていった。

「樹《いつき》と同じ年の子が、死ぬなんてこと考えてるかと思うとたまらなくてね。留年してもいいからこの病院がいいって。結局、ママたちがおれたのよ。留年するっていうのも自分で決めたのよ。しなくてもだいじょうぶだったの。でも、中学からやりなおしたいって、小学校卒業のときだったかしらね。いま、学校では、ミーミちゃん、すごく大人っていうか、ほかの子となかなかうまくつき合えないみたいよ。ママ、心配してたわ」

おふくろがテーブルに背をむけて洗いものをはじめた。

——生きててごめんなさいって……。

ミーミのふるえる声を思い出した。

「でも、なおったんだろ？　もうだいじょうぶなんだろ？」

手をふきながらこちらをむいたおふくろの顔がかたかった。

「そうなんだけど、ママもミーミちゃんも、ふつうの生活がまだこわいみたいなのよ。退院はできたけれど、前と同じ生活とはいかないみたいよ」

「そういうもんかな」

「長かったからね。三年間、本当に長かったから。あの年の子が見なくてもいいこと、たくさん見ちゃったんだろうね」

おふくろが少し落ちついてきたおかげで、五平もちの味がまた口の中でおどりだした。

盛大にため息をつきながら、おふくろがふり返った。

「ちょっと、樹《いつき》、いったいなん本食べるのよ。いいかげんにしなさいよ」

食べ終えた五平もちのぼうに目をとめて言った。

「え？　もうだめ？　まだ、五本だよ」

「もう五本でしょ。おそろしいほどの食欲ね。お父さんの分がなくなっちゃうでしょ。もうおしまい。それにごはんもすぐだし」

「ごはんはまた別の所に入るんだよ。あと、一本」

おふくろはたっぷりとたれをのせたもちを、笑ってわたしてくれた。こぼれ落ちそうなたれを、ぺろぺろとなめた。皿には三本の五平もちがのっている。夜のデザートに、焼いて、たれがのせられて出てくるのだろうと思いながら、頭の中で計算をする。おやじが一本で、おふくろはうまくすれば食べないかもしれないから、おれは二本食べられると予想した。

「ミーミは五平もち、食べられないのかな？」

「どうかしら。食べてもいいんだろうけど、ミーミちゃん、がまん強いから、きっと食べないだろうね」

「つまんないだろうね」

「そうね。でも、退院できて、本当によかった。本当に……。あたし、ミーミちゃんがなにを言っても、なにをしても許しちゃうな。たくさん、たくさんがまんしてきたんだからね」

「それで、ミーミにあまいんだ」

「あら、そう？　そうかしらね」

五平もちをたいらげ、口のまわりや、指についたたれをなめながら、学校からのプリントをとりだした。

「はい、プリント」

「なになに？　進路説明会か。もう、そんな時期になっちゃったのね。そろそろ塾《じゅく》に行くことも考えなくちゃね」

泣いたり笑ったり心配したり、おふくろは子どもみたいなところがあると思いながら、立ちあがった。

「ごちそうさま」

「はいはい」

「はいは、一回」

重たくなりかけた空気をふりはらうように言うと、おれはろうかをすべって部屋にむかった。とちゅう、梅の木の前でとまった。

（ラーメンのめん、一本か……）

ろうかがひんやりとしていることに、はじめて気がついた。


進路の話なんて、めんどうくさい。そのときの自分の学力で、ぶなんに合格できる高校に行くというのではだめなのだろうか。おふくろは、もうちょっとがんばってとか、個性を尊重する学校にとか、いろいろと頭をなやませている。

一人っ子の悲しさだ。

おれがはじめての受験なら、おふくろにとってもはじめてだ。いっしょにはじめてだと、おれ以上におふくろはゆれ動く。その点、おやじは冷静だ。

「好きにしろ」

その一言ですべてが解決する。

受験までまだ一年以上もある。だから勉強に力が入るということはない。あいかわらず、ノートのはしっこにいたずらがきをし、たのまれれば似顔絵をかいて喜ばれる生活が続いていた。

ちょっとしたできごとがあった。

写生大会の絵が、学校代表に選ばれ、市の展覧会に出品されることになったのだ。

正直、かなりおどろいていた。

そう言えば、かきあげた絵は、ほかの人たちはほとんど返されたのに、おれのだけが返されなかった。あれっ？　と不思議だったことを今ごろ思い出した。

(市の展覧会か。ま、そんなもんか)

うす日のさしている森の中で、うかびあがった小さなうす紫の花っていうのがいまの心境かなと、わけのわからない感想を持っただけだ。

しかし、おふくろはちがった。

「すごーい、すごい」

声高にさわぎ出し、バシンバシンと肩《かた》をたたいてきた。

「ね、樹《いつき》、絵の才能あるのよ。きっとそう。ねえ、美術科のある学校にしてみない？お母さん、さがしてみるわ。才能はのばさなくちゃ。美術科を受験するなら、そういう塾《じゅく》に行かないとね。いまからでもまだ間に合うわよ」

話はとほうもなく発展する。

「いいよ。ふつうの高校でさ」

「ええ？　だって、だって」

ぶぜんとして、部屋にもどった。

すぐにあきらめるとは思わなかったけれど、おふくろはしつこく美術科のある学校にしたらどうかとさわいでいる。帰ってきたおやじに食事を出しながら話をしたらしい。

水を飲みに台所に行くと、おやじに言われた。

「おれは樹《いつき》に賛成だ」

「は？」

「進路だよ。普通校が一番だ。まだまだ可能性を一つに決めるには早すぎる。それに、絵では食っていけんだろう。樹《いつき》の意見は堅実《けんじつ》だ。たいしたもんだと思ったぞ」

むっとした。あまりにもそのとおりすぎて、かえってカチンとくる。

おやじの意見に不満そうなおふくろにもはらがたつが、現実的すぎるおやじの言葉にもいらつく。

台所を出ていこうと、障子《しょうじ》をあけた。手に力がこもりすぎたのか障子紙《しょうじがみ》が簡単にやぶれた。

「ああ、樹《いつき》、また」

おふくろのげんなりとした声がする。火に油だ。おれは障子《しょうじ》をけった。もっと簡単に穴があいた。

（知るか）

おれは、「ばかやろう」と言って部屋に逃げ帰った。

九

おふくろとならんで桟《さん》だけになった障子《しょうじ》の前に立った。

この家は障子《しょうじ》やふすまといった日本建築に固有の建具《たてぐ》で部屋がしきられている。古いが、荒れた感じがしないのは、両親の努力のたまものだ。ろうかも柱もみがきこまれ、いたんだところはていねいに補修されている。昔からそうだった。

十二月も末、大そうじの時期だ。

「そういうわけなのよ」

ふきげんな顔をしてつっ立っているおれに言う。

「ご苦労さんなんだけど、やってくれるかな。毎年、毎年、穴をあけるのはただ一人、樹《いっき》だけなのよ。いままでお父さんがやってたんだけど、いそがしくてね。で、お父さんが樹《いつき》にやらせろ、って言うのよ。あたしは、へたくそだから手を出すなって」

とても気をつかった声を出す。

その声でいらっとしたけれど、わかったという顔をする。

「で？」

「わあ、助かる。お父さんまかせで、わたしもやったことないから、説明書読んで桟《さん》だけはきれいにふいといたから。八枚あるんだけどだいじょうぶかな。あと、よろしくね。説明書見てやってくれる？」

少しほっとする。いっしょにやろうなんて言われたらどうしようかと思った。

「樹《いつき》は器用だから、まかせてだいじょうぶよね。あたしは、そうじやらかたづけやら、お正月のおせちの準備やら。今年はちょっとやる気なんだから」

お好きなようにと思いながら、言葉をとことん節約して、「ん」とこたえた。

障子《しょうじ》の紙はもろい。ちょっと手をすべらせただけで穴があく。平常心のときは気をつけることができる。いらついているときや、ついついというすきをねらったかのようなときに穴をあけてしまう。

いっそのこと、張らなくてもいいじゃないかと思ってしまうのだが、きちょうめんなおやじは気になるらしい。そういうおれも、自分であけた穴を見るたびに、反省はしている。

おふくろの言ったとおり、桟《さん》にはほこり一つついていない。桟《さん》は、ちょっと力を入れるとおれてしまいそうなほど細いのだが、これでなかなか、がんじょうだ。しなやかに強い。桟《さん》にひびが入っているのに気づくと、おやじはうでまくりをして、すぐになおしてしまう。

この古い家に暮らすには、それ相応の覚悟《かくご》がいる。うすい障子紙《しょうじがみ》だけでは、寒さを防ぐことはできない。家族全員、冬は着ぶくれだ。暖房は最強レベルにしたいところだが、節電を考え、今年は火鉢《ひばち》を物置から出してきた。それでも、すきま風は容赦《ようしゃ》がない。断熱効果の高いものにとりかえるという選択肢《せんたくし》はおやじにもおふくろにもない。四季折々、この家でしか感じられない日ざし、気温、風の音、雨の音になれ親しんできた。便利、快適からは遠くても愛情をこめて暮らしている両親の姿をずっと見て育ってきた。

うでまくりをしてどっかりとたたみの上にすわりこんで説明書に目を走らせる。次に用意されていた道具を見る。

はけ、カッター、アイロン。

(アイロン？　へえ、アイロンで張りつけるのか。進化してるんだな。障子《しょうじ》の世界も)

頭の中で手順を組み立てる。

たらないものがあった。

ろうかをすべって部屋に行き、鼻くそと言っている粘着剤《ねんちゃくざい》とじょうぎをさがしだした。

(よし、いこうか)

たたみの上におかれた障子《しょうじ》の上に体をかがめながら、障子紙《しょうじがみ》の位置を決め、鼻くそ粘《ねん》着剤《ちゃくざい》で固定する。あらかじめ、あたためておいたアイロンをそろそろとあて、余分な部分はカッターで切りとる。

一枚、また一枚。

簡単な作業だが、やりはじめると夢中になった。カッターで切りとるときに線がゆがむと気に入らない。まっすぐになるまで、手を入れ、余分な部分はていねいに切りとっていく。

体が熱くなってくる。着ていた半てんをぬぎすてる。体が動きやすくなり、作業がはかどった。

最後の一枚がしあげの段階をむかえたとき、急に玄関があいた。

「こんにちは。ミーミです」

(げっ、こんなときに来るのかよ)

「あら、ミーミちゃん。久しぶりじゃない。元気だった？　体のほうはどう？　寒くなってきたけど、かぜなんてひいてない？」

おふくろのうれしそうな声がする。

「あ、元気です。これ、ママからあずかってきたレシピ。お正月料理用」

「わ、ありがと。ママによろしくね」

日のさしているろうかをまわりこんで、ミーミが姿をあらわした。コートもマフラーも手袋もはめたままだ。この家の寒さをよく知っている。

「あれ？　ヒッキー、なにしてるの？」

「見りゃ、わかるだろ？」

「え？　障子《しょうじ》の張りかえ？　わ、すごい。全部一人でやったの？」

「穴をあけたの、おれだから、自分で責任とれってさ」

「ふうん。おじさんの子だね。なにやっても器用ね」

ミーミは、張ったばかりの障子《しょうじ》に目を走らせる。

「まっすぐだ。本職の職人さんみたいだね。一枚はちょっとずれてるけど、これって最初に張ったやつでしょ？　あとのはぴったり。気持ちがいいほど」

「性分だからな。ちゃんとしてないと気に入らない」

ふふと笑いながら、しゃがみこみ、障子《しょうじ》を見つめる。

「いまどきの中学生が障子《しょうじ》の張りかえ。ありえないとり合わせじゃない？」

「しょうがないだろう。やぶったのはおれなんだから、なおすのが当たり前だろう。とり合わせとかの問題じゃない」

「でも、ふつうならやりたくないって、断固抵抗すると思うよ。あたしでも、いやだって言うと思う。それをやるし、夢中になるし、職人さん顔負けでしあげるし……。ヒッキーって変わってるね」

ミーミのにやけた顔にむかつく。

「そうやってばかにするけど、おれに、絵を教えてくれって後輩《こうはい》が言ってきたんだぞ。まんが家になるために必要だってさ」

どうだ、すごいだろうという顔をして言う。

「え、うそっ」

ひどくおどろいている。

「ね、ね、どんな子？」

「いや。ことわったからよく知らない」

「やだ、その子、大物だよね。だって、ヒッキーに絵を教えてくれって？　まんが家になりたいじゃなくて、なるのに必要だって？　ヒッキーに弟子入りしたいなんて、おかしいっていうか、変わってる。きっとその子、まんが家になれるよ」

「なんだよ、おれって、そいつより変なのか？」

笑うミーミに言い返したら、急にまじめな顔にもどった。

「うん。変だって言われてるあたしが言うのもなんだけど、変わってると思うよ。でも、それがヒッキーの本当なんだから、あたし、そのままがいいなって思ってる。弟子入り希望の子もちょっと変わってて、それが本当なんだろうな。ね、その子、まんが家になれるといいね」

「おう、それは同感だな」

目をさらに細めて、ミーミがこっちを見ていた。

「ふふ、お菓子《かし》、持ってきたよ。今日は、和菓子《わがし》。あんころもち。あたしも作るの手伝ったんだ」

「お、サンキュー。これ、しあげたら食う。はらへってきたから」

ミーミが両手をうしろで組んで、障子《しょうじ》をしげしげと見る。

「障子《しょうじ》の張りかえって、レトロだね。それでもって、なんだかすごくやさしい気がする。いまじゃ、なんでもかんでもつかいすてだもんね。こわれたらポイって」

「話しかけるな。線がぶれる」

「あ、ごめん」

「うそだよ。さて、これで完成だ。たてつけてみるかな」

おれは軽々と障子《しょうじ》を持ち上げ、敷居《しきい》にはめこんでいく。

部屋が急に白々となり、空気がせいせいとすがすがしくなった気がする。おふくろが霧《きり》ふきを持ってきて、しきりにシュッシュとふきかけはじめた。

「わ、やらせて、おもしろそう」

とちゅうからミーミがかわった。

「二人の合作だね」と、はしゃいだ声をあげた。

「ばか。あ、そんなにかけるなよ。ちょっと、ほんのちょっとでいいんだから」

文句を言ったら、おもいっきり顔に霧《きり》がふきかかった。

「こら、なにすんだよ」

どなるおれに、ミーミはさらにふきかけた。霧《きり》ふきをとりあげようとミーミにむかっていく。あっけないほど簡単にうばい返せた。

ミーミの背は、思っていた以上に低かった。抵抗しているのに、力の差ははっきりしていた。きゃしゃだ。その感覚にどぎまぎした。

霧《きり》ふきをとりあっただけで、ミーミは息をきらし、せきこんでしまった。

「お、おい。だいじょうぶか?」

うなずきながらこちらをちらっと見た。

「体ばっかり大きくなって、こわいくらい」

「うるさい」

声に力がなかった。

「見てきたよ」

とつぜん、話が変わった。

「ん? なにを?」

「ヒッキーの絵。市の美術館に展示してあった。同じ学校から三人だけだったね。でも、全体見まわしてみても、すごくよくかけてると思った。一番気に入った絵がヒッキーのかいたものだった。じょうずになったんだなって思ってうれしかった」

「そいつはありがとさん。明日は雪だな。ミーミがおれの絵をほめるなんてさ」

「いままでほめるような絵を見せてもらったこと、ないもん」

「あの絵さ、どこがいいんだろうな。いつもより、ちょっと気を入れてかいたけどさ」

「へえ、わからないんだ。では、ミーミ先生が、どこがよかったか解説してあげる。すわりなさい。まず、構図がよかった」

おれは、こたつに足をつっこんですわりこんだ。ミーミは正座をし、背筋をのばして話しはじめた。

「ヒメシャラの木、プレートのかかったその木がね、すっくと立ってた。そして、つぼみがういういしくて、近よってもっとよく見たいって、まず思った。見る人をひきつけるって、大切だと思うな。つぼみにのっていたしずく、かわいかった。背景の校舎のよごれ具合、カーテンの色、やぶれ具合もリアルだったな。木をとりかこむマリーゴールドの花もていねいにかかれてた。そうそう、つぼみのふくらみ、おもわずさわりたくなっちゃった。この木が好きなんだっていう声が聞こえてくるようだった」

おどろいた。

「おい、待て。かいているときにミーミ、そばにいなかったよな」

「え？　いなかったよ。当たり前じゃない」

「でも、おれ、いま言われたようなことをぶつぶつと言いながらかいてたおぼえがある」

「そうなんだ」

ちょっと笑うと、「まちがってなかったんだ」と、言葉をつなげた。

「なにが？」

「あたしは絵を見るとき、話を聞くみたいにして見るの。だから、話しかけてくれない絵は好きじゃないの。どんなにじょうずにかけていても、語りかけてくれないと、はじき飛ばされちゃうっていうか、さびしくなっちゃう。前、少女の絵を見せてくれたときあったでしょ？　あの子、すごくしゃべりかけてくれて、あたし、聞くのに精いっぱいになっちゃったの。あたし、あの子、大好き」

手袋をはずしながら言葉をつないでいく。

「技術とか、技法っていうのは、あたし、まだわからないんだけどね。子どもがかいたようなっていうのかな、そういう絵の中で、ものすごくたくさん話しかけてくれるのがあるの。そんな絵が好きだな」

「ふうん」

「ヒッキーの展示されてた絵、すごくたくさん話してくれたよ。学校の話を。かきながらぶつぶつ言ってたことや、ヒッキーの中の言葉にならない思いなんかも聞こえてきたのかな。あの絵、好きだな」

ミーミはしきりに感心していた。

「ミーミは、絵はかかないのか？」

「うん、どっちかっていうと、文章にしちゃうんだ」

「文章？」

「なぐり書きっていうのかな、泣きながら書いたり、おこりながら書いたり。書くとちょっとはすっきりとするの。でも、読み返したりはしないんだ。書いたそばからやぶって、小さく小さくちぎっちゃう。もし、絵をかいたとしても、かいたそばからやぶっちゃうかもしれないね」

続く言葉を待ったけれど、あたしの話はもうやめよう、とミーミは首をふった。

「あの絵、とっても、あったかかった」

おふくろが出してくれたあんころもちを口に入れる。絶妙《ぜつみょう》のあまさが口に広がる。

「うまい！」

絵がじょうずとかへたとかじゃなくて、あったかいから好きだというミーミの言葉が、やさしい風のように顔をなでていった。ときどき見せる暗い顔じゃなくて、楽しそうな顔をしながら絵のことを話すミーミを見ていると、おれの絵を好きになってもらえたという手ごたえをしっかりと感じた。あんころもちを口にほおばりながら、にやにやとしてしまった。

「なによ」

「ん？　いままでけなされてばっかりだったからな」

「そう？　あたしこれでも客観的に言ってるつもりだけどな。もっと言えるよ」

「もういいよ。もうかいちまったもんな。けなされようが、ほめられようが、もうどうしようもない。あらたにまたかくだけさ」

「うんうん、たくさんかいて、また見せて。あたし、ヒッキーの絵って、けっこう好きなんだよ」

「そうだったのか。きらいかと思ってた」

「そうかな、あたし、ひどいことばかり言ってたかな」

「気をつけろよ。ミーミは言葉がきついから、気づかないうちに、うらみ買うぜ」

「え、うらんでたの？」

「いや、おれはなれてるからなんでもないけど、省吾《しょうご》なんか、ああ見えて繊細《せんさい》だから、傷つくかもな」

「なんで、そこに省吾《しょうご》くんがでてくるの？」

自分でもわからない。ついでのように言葉が続いていく。

「つき合ってんだろ？　メルアド交換《こうかん》したって聞いた」

とたんにミーミの顔が一変した。

「な、なにを急に、ば、ばか、あたし、帰る」

ミーミがおこり出したのを見て、おれはめずらしくあわてた。

「あ、悪い。よけいなこと言った」

「うん。ものすごくよけいなことよ」

ミーミは立ちあがると、張りかえたばかりの障子《しょうじ》に手をそえて、そっとあけた。出ていきかけて、立ちどまった。背をむけたまま言う。

「あたしね。まっすぐ直線の人、省吾《しょうご》くんみたいな健康な人のこと、よくわからないの。長く病気してたせいかな。だから、省吾《しょうご》くんとは合わない。そう思う。最初からわかってるから」

ミーミの両肩《りょうかた》がさがり、背中が小さく見えた。

「省吾《しょうご》くんね、ひざ、だいじょうぶだって。成長痛らしいって。だからサッカー、まだやれるって言ってた。本当によかったよね」

言葉をそっとさし出すように言うと、ミーミは帰っていった。

みじめな気持ちになってしまった。せっかく絵の話で盛りあがっていたのに、自分の言った言葉でだいなしだ。

「ばかやろう」

おれはこたつに足をいれたまま、うしろへたおれこんだ。

いつもの年と同じ寝正月《ねしょうがつ》を決めこみ、二日もパジャマの上に半てんを着てごろごろとしていた。コミック本を読み、たまに起きあがって、いたずらがきをする。好みの時間が過ぎていく。

おせちも食べあきたから、昼はカップめんもいいなと思いはじめたときだった。

「おめでとうございます」

二重唱が玄関から聞こえてきた。

ミーミとミーミママだ。

「やばっ」

ベッドから起きあがり、頭をがりがりとかきむしって部屋を見まわした。ちょうつがいは大みそかの日に、おやじが必死になってとりつけてくれたので、正月は完全な個室でむかえることができた。

「どうしよう」

声に出したとたん、ろうかがギシーと鳴った。

「あれ、ドアが閉まってる。なおったんだ。おじさん、すごい。ヒッキー、いる？」

ノックの音がした。

「入るな、いままずい。パジャマのままだ」

「そ。じゃ、早く用意して。出かけるから」

「え？　どこへ？」

「ちゃんと着がえてね。すぐに出かけたいから」

ドアごしに、それだけ言うと、ろうかを遠ざかる足音がした。

出かけるって、どこへ行くんだよ。「行かない」とミーミに言えない自分が情けない。

ちらかっている服の中から、よごれてなさそうなものをひっぱりだして着こんだ。

玄関に行くと、すでにくつをはいたミーミがいけられたスイセンの花に顔をよせていた。

「そんなに急いでどこに行くんだよ」

「いいから、いいから。じゃ、行ってきます」

笑い声のする居間に声をかけた。ミーミに背中をおされるようにして外に出た。

「うっ。さむっ」

「歩いているうちにあったかくなるよ」

前からとなりのお姉さんがチャリにのってくるのが見えた。おれに気がついて、チャリをとめた。

いつもは風になびかせているさらさらヘアを今日はモスグリーンの帽子《ぼうし》でつつみ、同色のマフラーを首にまき、白いコートを着ていた。ほおをほてらせている。いつもながらさわやかだ。

「樹《いつき》くん、明けましておめでとう。今年もよろしく」

「あ、おめでとうございます。お願いします」

どぎまぎと返事をした。

「あ、それから、ペスの絵、ありがとう。おばあちゃんがすごく喜んで、額に入れてかざってるの。無理なお願いしちゃって、本当にごめんなさいね」

「いえ、だいじょうぶです」

お姉さんは片手をあげて、またチャリをこぎだした。

うしろ姿を見送っていたら、ミーミにつつかれた。

「だれ？」

「となりのお姉さん」

「絵、かいてあげたんだ」

「たのまれたんだ。そこの家の犬、ペスっていうんだけど、うちの庭が好きでさ、脱走してきては庭で遊んでるんだけど、ひまだったからかいてたんだ。そしたらくれって言われて」

お姉さんが留学する話や、いま、おばあちゃんにたのまれてお姉さんの似顔絵をかいていることは省略した。

「絵、あげたんだ。あたし、その絵、見てない」

ミーミがむっとしたような声で返事をした。

「おれのかいた絵、全部、ミーミに見せてるわけじゃないだろ」

「そりゃそうだけど。なんだかおもしろくない。あげる前に見たかったな」

地面をけとばすように歩きだした。

「な、遠出か？」

「上野」

「え？　またパンダか」

「パンダ？」

「動物園だろ？　昔、動物園に行くって、パンダ見たいって、大さわぎしたことあったじゃん」

「いつの話よ」

「え？　幼稚園のころだったかな？　ミーミもあんまり変わってないな。動物園でパンダ見たいなんてさ」

「動物園なんて言ってないでしょ」

「じゃ、どこなんだよ」

「ついてくればわかる」

上野へは東京駅でのりかえて、家から一時間少しかかる。

正月の電車はすいていた。ならんですわると、すぐにうたたねをしはじめた。

「ほら、のりかえるよ」

東京駅は人でごった返していた。人の波におされるようにして電車をのりかえ、つり革につかまった。

「すごい人だな」

「お正月だから、初もうでの人もいるみたい」

上野駅でおりると、駅は活気にあふれていた。田舎《いなか》を正月でむかえた人たちが東京に帰ってくる帰省ラッシュがもうはじまろうとしていた。長距離《ちょうきょり》列車からおりてくる人、正月休みで出かける人、駅の中はごった返していた。

駅の改札を出ると、人も多少まばらになった。

信号を待ちながら、「久しぶりだな。上野なんてさ」と、きょろきょろする。国立西洋美術館をとおりすぎ、右にまがるとすぐ国立科学博物館が見えた。SL《エスエル》や大きなクジラの模型に目を奪われながら左にまがった。

ミーミと二人、大きな門の前に立った。おくに大きくてりっぱな建物がある。入場券を買って中に入ると、空をつくような大きな木が、枝をはり、建物と高さを競っていた。

「どこ、ここ?」

「東京国立博物館。略して東博《とうはく》。日本の宝物を展示している場所」

池の横をとおりながらミーミに教えられた。

「あの木、でっかいな」

「あ、あれね、なんだろうね」

木の正面に立ち、プレートを見て、「ユリノキだってさ」と、木を見あげたままのミーミに言った。

「ユリノキって、あ、思い出した。前、本で読んだことある。ユリノキって、チューリップ・ツリーっていうの。チューリップみたいな花を夏ごろにつけるんだよ」

「このでっかい木にチューリップの花って、似合わない、っていうか、想像できないな」

「ハンテンボク、っていうこともあるんだって。葉っぱが半てんの形に似ているから名前がついたって読んだことある」

ミーミは、二、三歩後ずさりして、木のてっぺんを見あげた。おれもいっしょに木を見あげた。

「こんな大きい木だなんて思わなかった。これにチューリップによく似た花がさくなんて、不思議だね」

「枝にかれちまった花がのこってる。葉っぱはちっちゃってるな。半てんの形みたいな葉っぱってどんなんだろうな」

ミーミは大きく息をはき、地面に目を落とした。

「ね、見て、これ、種かな。どんな花なんだろうね。見てみたいな」

両手におさまってしまうくらいの大きさで、つぼんだ花の形をのこしたままの種が落ちていた。ひろいあげるとぱらぱらと形をくずした。ミーミは種をてのひらでもてあそびながら木を見あげた。

「夏に見に来ればいいじゃないか。花、つけてるよ。逃げやしないよ。こんな大きな木なんだから」

「この種、植えるとはえてくるかな。ヒッキー、庭に植えてみる？」

「え？　こんなに大きくなっちゃうんだろ？　いまでさえ、庭、しげりすぎてこまってるんだからだめだよ。ミーミんちに植えろよ」

「無理だよ。あたしんちは、マンションなんだもん。木が大きくなれなくて、かえってかわいそう」

持って帰ってもいいのかなと言いながら、ごそごそとバッグの中からなん枚もティッシュを出して、つつみはじめた。

「なんだ、持って帰るのか」

「記念」

「ん？　なんの記念だ？　それにしても、いろんなこと知ってるんだな」

「え？　そうかな」

「おれなんか、なんにも知らない」

「入院中、ひまだったからね。雑学っていうのかな。役にも立たないけど、おもしろいなって思ったことおぼえてるのかもしれない。おどろくほどのことじゃないよ」

「そんなことないだろ」

入院という言葉をつかうとき、ミーミは独特の表情をする。つらそうな、悲しそうな、にごった絵の具の色のような表情だ。

「イチョウの大きな木があるね。あっちの建物は、なんだか明治時代の香りがしない？」

古くて威厳《いげん》のある建物や、大きく育った木々にかこまれ、ちっぽけな自分がさらに小さくなってしまったような気がする。

建物の重々しさに圧倒されながらついていくおれは、引率の先生におくれないようにする幼稚園児のような気分になっていた。幼稚園児というのには無理があるが、姉につれてこられた弟には近いかなと思った自分にむっとした。

「で、なんだ？　なんでここに連れてきたんだ？」

「見せたいものがあるの。っていうか、いっしょに見たいものがあるの」

建物に入ると、すぐに階段をあがった。重厚な外観にふさわしい階段だ。

「ここよ」

部屋の中を指さした。

「国宝室」

まのぬけた声でつぶやいた。

おそるおそる部屋に入る。ちょっと暗めの照明の中から正面に、うかびあがるように絵が展示されていた。

おれは入口で立ちどまった。

「ついたて？」

「ちがう。屏風《びょうぶ》っていうのよ」

「びょうぶ？」

「正しくは、六曲一双《ろっきょくいっそう》の屏風《びょうぶ》にかかれた絵。屏風絵《びょうぶえ》よ」

聞きなれない言葉にとまどった。

一歩、部屋の中に進んだ。さらにおかれているソファーの前に進みでた。

とたんに、まわりから音が消えた。

さらにもう一歩進んだ。

「……」

とても大きな屏風絵《びょうぶえ》だった。

霧《きり》につつまれた林が目に飛びこんできた。風景画かと思った瞬間《しゅんかん》、絵の中の霧《きり》につつみこまれるような錯覚《さっかく》におそわれた。

どうやら、松の林らしい。そのおくには、ぼんやりと高い山がそびえている。霧《きり》はその山から流れだしているようだ。

しんとした雰囲気《ふんいき》をたたえ、展示してあるケースの中から、音もなく静かに霧《きり》が流れだしているかのようだ。絵の中にさまよいこんだ気分になり、おれは両手で霧《きり》をかきわけるようにして、前に進んだ。

絵の中の松の幹《みき》がゆがんでいる。雨、風、雪にいじめられつくしたせいなのだろうか。ただ根っこはゆがんだ幹《みき》をささえるためにしっかりと根をはっているのが霧《きり》の間から見えている。少しでも太陽の光をあびたいという思いをこめて、枝をのばしている松。冷たい霧《きり》につつまれ、うなだれ、たえているように見える松。どの松もリアルだ。

遠景の山を見る、見えかくれする稜線《りょうせん》には雪がつもっている。

これは、墨絵《すみえ》、水墨画《すいぼくが》だと、気がついた。黒だけで、かかれた絵。しかし、色が見える。なぜだろう。松の葉っぱだって、墨《すみ》だけでかかれているのに、ちゃんと葉っぱの色が見える。錯覚《さっかく》なのか？　いや、霧《きり》につつまれた松の葉っぱって、かかれているとおりだ。たちこめている霧《きり》の冷たささえ感じられた。

すげえ。

真剣におどろいた。

山から流れてくる霧《きり》にけむる松林。おれはその中に立っていた。山に近づきたくても、できずに立ちつくすおれ。どんなにあがいてもあの山には登れないだろうという予感。

あの山はなんなのだろう？

あこがれの象徴《しょうちょう》なのだろうか？

求めても、求めても、近づくことさえできない山なのだろうか？

会いたい人が去っていってしまった山、なのだろうか？

けっして行くことができないとわかっているのに山にひきつけられてしまう思いがびんびんと伝わってくる。

一心に絵をのぞきこむ。

松の葉を見る。あらいタッチで葉がかかれている。あたりを流れる霧《きり》とまったくちがう筆づかいだ。迷いがまったくない。昔の武芸者が剣をふりおろす気迫と同じなのではないだろうかと思ってしまうほどだ。

やさしい霧《きり》のタッチと、松のすさまじい筆づかい。

鼻のおくがつんとした。

すげえ。すげえ。

そして、かなしいと思った。熱いものが体のおくからわきあがってくる。両手をぐっとにぎりしめた。

(ほんもんだ。ぜったい、だれがなんて言ったって、ほんもんだ)

さらに絵に近づいていった。

ふと、心にひっかかる一本の松の木が目に入った。遠景の山にむかって必死で枝をのばしているように思える松だった。よく見ようと顔を近づける。

そのとたん、目から火花がちった。

展示ケースのガラスにおもいっきり額をぶつけたのだ。ゴッツンというにぶくて大きな音が展示室にひびいた。

「いてえ」

しゃがみこんだ。ガラスケースに入っている絵だったことさえ忘れていた。

すぐに、カツンカツンというヒールの音が近づいてくる。さっと立ちあがると、絵からはなれた。

入口には、ミーミが両うでを組んで立っていた。

「はい」

ハンカチをわたしてくれた。

「顔、ふいたほうがいい。涙、のこってる……」

あわてて顔をふいた。

返されたハンカチを受けとると、ミーミは国宝室をなんどもふり返りながら階段のほうへ歩いていった。

階段をおりる。足がふらつく。声が出ない。なにか言ったほうがいいのだろうけれど、絵からうけた衝撃《しょうげき》のせいで、言葉がのどのところでとまっている。ミーミも話しかけてこなかった。

建物から出ると、冷たい風がいっきにおれをつつんだ。

「さむっ」

やっと声が出た。

ミーミがちらっとこちらを見て、「どんくさい」と、おかしそうにつぶやいた。

「な、なんだよ」

「絵に見とれて、目からよだれたらして、おまけに展示ケースがあるのも目に入らなくて、ガラスにおもいっきり頭ぶっつけて」

「う、うるさい」

うろたえまくった。見られていたのだ。

あの絵を見てるとき、ミーミがいるとか、展示室にいることは頭の中になかった。あの絵のことしかなかった。あの絵に近づきたかった。あの絵の中に入って、山に一歩でもいいから近づいてみたかった。松の木にふれたかった。霧《きり》につつまれたかった。夢中になっていて、みっともない姿をさらけ出してしまった自分がはずかしくてたまらなかった。

「あの絵ね。長谷川等伯《はせがわとうはく》っていう人が書いた松林図屛風《しょうりんずびょうぶ》っていうの。いまから四百年くらい前かな。等伯《とうはく》さんって、戦国時代末期の人。狩野派《かのうは》っていうすごく力のある絵師集団の競争相手となって張りあった絵かきさんなのよ。金襴豪華《きんらんごうか》な絵もあるんだけど、あの絵は墨《すみ》一色。そして、等伯《とうはく》さんの故郷《こきょう》の松に似てるって言ってる人もいるの」

ミーミのウンチクを聞く。

「ふうん。墨《すみ》一色なのに、松や空や山や、雪、霧《きり》まで、全部をかき分けてる。なんの不自然もなく、すごくリアルに」

「胸にせまってくる絵だったね。松の木、霧《きり》につつまれて泣いてるみたいだった。あたしもヒッキーとおんなじだったよ。心がふるえたもん」

つぶやくように言い、すぐに頭をふった。

「この絵ね、たまにしか展示されないの。すごく謎《なぞ》だらけの絵なんですって。完成した作品なのかどうなのか、どういう状況でかいたのかとか、よくわからないんですって。どうしても見たくて、つきあってもらったの。この時間、すいてたね。ラッキーって感じ。あの絵、ひとりじめできるなんて、すっごくぜいたく」

「ほんと。だれもいなかったな」

ふふとミーミが笑った。

「すごく地味な絵っていうか、はでさのない絵だから、つまらないって言われるかと思ってた。でもヒッキーって、古い家に住んでて、古いものにかこまれて育ってきたから、わかるのかな」

「理由なんかないだろ。あの絵は、とにかく〝すごい〟の一言だ」

「あたしは一番左のはしっこ、かな」

うかがうような視線をこちらによこしながら、ミーミはつぶやいた。

「あ、おれは、なんだ、右のはしっこにある、ななめのやつ、あれだ。あれをもっともっと近づいて見たかったんだけどな。ガツンだもんな」

ぶつけた額をまたなでた。

「え？　なにが左はしかってわかるの？」

ミーミの声がおどろいていた。

「ん？　松の木の話だろ。かかれている松の中で自分の松ってどれかっていう話じゃないのか。ちがうのか？」

おれはおどろいてきき返した。

「そう、そのとおり。説明しなくてもわかるんだ。あたしは左はしの……」

「すっくと立っている松だろ。ミーミはひねくれてるから絵の中ではまっすぐな松にあこがれるんだろうな。おれは右はし。ななめになってて、絵の中の山に登りたいのに登れない、っていうのかな、あえいでる松の木っていうか、絵全体をそこからながめてるっていうのか、そんな松。あれだな」

ミーミがめずらしくあ然としておれの言葉を聞いていた。

「どんくさいなんて言っちゃって……。絵の見方、あたしと同じ」

気をとりなおしたように、ため息をついた。

「そっか。ま、見方なんていろいろだろ？　たまたまあの絵の見方が似てたってことかな。それにしても、あの絵のことよく知ってんだな」

ミーミはどんよりとくもった空を見上げていた。

「入院中、しょっちゅう絵の本を図書館で借りてきてもらってたの。あの絵、いろんなえらい人、っていうか、好きな作家さんがいい絵だって言ってたから、すごく見たかったの。たまたま新聞読んでたら展示してるって小さい記事が出てたの。見のがすのはもったいなさすぎるし、そしたら、ヒッキーと見たくなっちゃったの」

「へえ、なんで」

「たんなるおせっかい、かな」

「ふうん。でも、ありがとな」

照れたのがわかったのか、ミーミがめずらしく声をたてて笑った。

松林図が頭にうかぶと、ぴしっと心をむち打たれたような気になる。涙が盛りあがりそうになる。ごまかすようにおれは両手をあげてのびをした。

「あ、ソフトクリーム屋さんだ」

門を出て信号を待っている間に、ミーミが見つけた。横断歩道の先にとめてあるライトバンにソフトクリームのはたが立っていた。

「口どめ料。買って?」

「な、なんの口どめ料だよ」

「目からよだれと、ガラスにガツンの」

弱みをにぎられたおれが悪いのか。

「しかたないなぁ」

お年玉でふくらんでいるさいふをポケットからとりだした。

「サンキュ。紅芋ソフトにする」

店のおじさんから受けとると、ミーミは笑顔でなめはじめた。

「うまいか?」

「冷たい。ヒッキーも買えばよかったのに」

「おれ、ソフトは苦手だ」

「そうなんだ」

ミーミはクリームを舌でぺろりとなめた。

「あれっ。もしかして、冷たいものがだめなの？　かき氷も苦手？　だから白玉ぜんざい、おもちにのっけたの？」

「うるさい」

日がすっかりかたむいていた。上野公園のふん水があたりをけむらせて、水をふきあげている。とても冷たく感じられる。葉をすべて落としたイチョウやケヤキの枝が空につきささっている。むだなものをすべて落として、きびしい冬にたえようとする姿はいさぎよいと、がらにもなくおれは哲学的になっていた。

おれはミーミの横顔を見ながら、ふと思い出したことがあった。

「なぁ、ミーミ、前さ、モナ・リザの絵がきらいだって言っていたけどさ、おぼえてるか？」

なにをいまさらという顔でこっちを見た。

「そのモナ・リザの絵ってさ、本物を見たわけじゃないんだろ？」

「そりゃそうよ。ルーヴル美術館にあるんだもん。でも、どうして？」

「あのさ……」

「なにが言いたいのよ」

不思議そうな声で聞かれた。

「ミーミの見たモナ・リザってさ、コピーっていうか印刷だろ？　松林図を見て思ったんだけど、あの絵だって本で見たらたいしたことないって思ったかもしれない。色は一色だし、全体だって、縮小しなくちゃ本にならないだろ。あの大きさで、あのくらいの白い空白がなければあの絵のすごさって伝わってこないって思うんだよ。

だから、モナ・リザの絵も、おれもよくはわからないけど、きっと写真やコピーじゃ伝わらないものがたくさんあって、それをおれたちは知らないんじゃないかなって思うんだよ。色だって、本物と写真じゃちがうだろうしさ。松林図の絵の迫力《はくりょく》だってさ、言葉で伝えるのってものすごくむずかしいだろ。たとえばさ、部分をピックアップしてる写真を本で見てもさ、筆づかいみたいなのは細かくわかるかもしれないけど、絵全体の迫力《はくりょく》っていうのかな、あの大きさで全体を見ないとさ、わかんないことってたくさんあるんじゃないのかな？」

「本物の持つ力っていうことかな」

「そうそう、それ。だから、きらいだって言うのは、本物を見てからにしたらいいんじゃないか？」

「だって、ルーヴル美術館って、パリにあるんだよ」

「見に行けばいいだろう。いまはグローバルな時代なんだから。パリなんか、すぐ行けるだろ？」

「行けるかな」

ミーミは視線を遠くに送りながらこたえた。

「行けるさ。モナ・リザって、なん百年も前にかかれてて、いまだにすごい名画だって言われている絵だろ？　世界のお宝なんだろ？　ぜったい、すごいとおれは思うな。

体、ちゃんとなおして、金ためてさ、見てこいよ。前、言ってたみたいに、絵の前で動いてみてさ、本当にどこに立っても見られてるのかどうなのか、たしかめて来いよ。おれも、見てみたいな。がっかりするか、すごいって思うか……」

「ルーヴル美術館か」

ミーミが食べかけのソフトクリームを、ほいっと目の前につき出した。

「食べられない。あげる」

「あん?」

おれはソフトが好きじゃない。というか、さっきミーミに言われたとおり、冷たい食べものが苦手だ。でも、すてるのはもったいないし、すてる場所もない。しかたなく手にとったが、どうしようと真剣になやんだ。

「なんなんだよう」

「コーンのところ、塩分が入っているから食べられない」

「そんなこと最初からわかってたんだろ? なら、買うなよ」

「食べてみたかったの。ソフトクリーム、ほんの一口でもいいから。夢に見てたんだもん。ヒッキーなら食べられなくなっても、食べてくれるだろうから、買っちゃおうって思ったの。いらなかったら、すてて」

「そ、そうか」

力なくおれはコーンをかじった。そして、三口でそれを口におしこんだ。ミーミがあきれた顔で見ていた。

駅につくと、来たときよりも人がふえていた。寒いのに、むうっという人いきれがする。ホームで東京駅へむかう電車にのりこんだ。

夕暮れの窓の外の景色を見ながら、松林図を思いうかべていた。ミーミもだまりこんでいた。見てきた絵に浸れるのがありがたかった。

東京駅の人ごみをかきわけ、のりかえのホームへむかう途中《とちゅう》で、ふとうしろをふり返った。

「ごめん、ヒッキー、あたし、気分悪い」

ミーミが立ちどまった。

心臓がひっくり返りそうになった。

ここでたおれられたらこまる。本当にこまる。

「お、おい、だいじょうぶか？　駅員さんのとこに行くか？　救急車呼ぶか？」

ミーミは力なく首をふる。

「帰りつけると思う」

ふるえる声で、またそろそろと歩き出した。

「おれ、どうすればいい？」

「そばにいてくれるだけでいい」

「そうか、それならできるけど……」

長いエレベーターにのってホームにたどりついた。

乗車口にならびながら、様子をうかがう。じっとしていられなくて、ミーミのまわりをうろうろとした。

「ね、じっとしてて。目がまわる」

「あ、ごめん」

おれはミーミの前にならんだ。

電車がすべりこんできた。ラッキーにも、一番早く、のりかえなしで到着する列車だった。

開いたドアに一番でのりこみ、ミーミのために席を確保した。

「ほれ、すわれ」

声を出すのもおっくうなのか、うなずいてすとんとすわった。

目をつぶって、ハンカチを口にあてている。顔色が青ざめていた。

いつから気分が悪くなったのだろうと、いままでのできごとを頭の中でくり返す。おれのことをどんくさいと言ったときは、まだ元気だった。

そうだ、ソフトクリームを食べはじめたころからだ。おれにくれたのも、気分が悪くなったからにちがいない。

「ソフトクリームのせいじゃないのか？」

電車がすいてきてとなりの席にすわり、ミーミに文句を言った。

ミーミがうす目をあけた。

「そうかな」

はらがたってきた。ソフトなんか買ってやらなきゃよかった。でも、気分が悪くなるなんて思いもしなかった。ミーミがほしがったからしかたがなかったとか、思ってもどうしようもないことがつぎつぎに頭にうかんだ。

ミーミは無言で、目をつぶっている。ねむっていないのは明らかだ。ねむれないほど気分が悪いにちがいない。心配で、いらだち、どうしようかと、とほうにくれた。

「もうすぐだからな。着いたらどうする？」

「ママにメールした。車で駅までむかえに来てくれるって」

「そうか。それはよかった。役立たずで、ごめんな」

「あやまらないで。ぜったいあやまっちゃ、やだ」

ミーミが細い目でおれを見た。

「いっつもこう。なにかをやりたくなって、やりはじめると、こうなっちゃう。別にソフトクリームのせいじゃないよ」

かすれた声だった。

「入院中、おいしくないごはんもがまんして、やっと退院できたと思っても、全部ドクターストップがかかっちゃったの。学校では体育は見学、社会科見学もお休み、運動会も欠席。できることなら、午前中で学校からは帰ったほうがいい。もっと望ましいのは週三日程度の出席ですませられるといいって言われてて」

おれはぽかんとして聞いていた。

「いつもがまん、がまん。食べるものも、ママの作ったものしかだめだし。あたし、ママとパパがいなかったら生きてない。心配ばっかりかけてる。ソフトクリーム食べたのって、四年ぶりくらいかな。やりたいことをやりたいようにすると、すぐ、こうやって具合悪くなっちゃう」

はじめて聞くミーミのいまの話だ。

「入院中、まわりでたくさんの人が亡くなっていって、おねえちゃんだって……。あたしもそうなるんだって思ってたの。でも、死ななくて……。退院したのだからもうだいじょうぶだって思えないの。気持ちがついていかないの。亡くなった人に申しわけなくて……。それに、生きてくってどうすればいいのかわからなくなっちゃって……。楽しいっていうことも、楽しい気分も忘れちゃった。楽しいなんてこと、世の中にあるのかなって思ったりしてね。なにをしても、いつも心のどこかで、ブレーキをかけてしまうの。そんなの、もう、うんざり」

ミーミはなにかにとりつかれたように話し続ける。

「小学校の卒業のとき、あたしが六年生のまま留年して、中学校からちゃんと通うって決めたとき、卒業していく同級生から、たくさんのお見舞《みま》いの手紙が来たの。みんなね、はんこでおしたみたいに、病気に負けないでがんばってくださいって書いてあった。最初はすごくうれしかったの。なん回もなん回も読んだ。でもそのうちに、ものすごくはらがたってきたの。だって、必死になって安静にしてて、がまんして薬飲んで、いたい注射をうけて、それでもなおらなくて、留年することに決めて……。どうがんばれっていうのよ。これ以上、どうすれば負けないっていうことになるのよってね。結局健康な人には、ぜったいにあたしの気持ちなんてわかんないって思った。だからもらった手紙、ママにわたして、持って帰ってもらった」

ミーミはまたハンカチを口にあてた。

「おい、無理してしゃべるなよ」

「その中にね」

おれの気づかいは無視された。

「ちがう学校だったけど、その中にヒッキーの名前があったの。手紙じゃなくて、絵だった。ヒッキー、おぼえてる？　きっとおばさんが持って来てくれたのね」

そういえばそんなことがあったかもしれない。おふくろに手紙を書け、書けって言われて、でも文章が苦手だから、絵をかいたことがあった。

そのときにかいた絵が、もやが晴れるように少しずつはっきりしてきた。

たしか、人気のいないポピーの花畑と、そのむこうにある遊具のある公園、そうだ、あの中央公園をかいたはずだ。まだ幼いときにミーミと手をつないで行ったことのある思い出の公園。その公園で、あのとき、おれはさがしていたミーミを見つけた。

「その絵、ずっと病室にかざってたの。モナ・リザの絵の横に。病院のかべって、殺風景でしょ。そのうちに、ヒッキーの絵がたくさんおしゃべりしはじめたの。絵から気持ちのいい花の香りのする風が流れこんでくるような気がしたの。いま、この公園へ行けたらいいなって。消毒薬のにおいじゃなくて、花の香りがして、気持ちいいんだろうなって」

せきこみはじめたミーミを見て、おもわず席を立った。

「すわってて」

ミーミに命令され、おれは言われたとおりにした。

「ならんでかざってたモナ・リザの絵はつんとすましてるだけなのに、ヒッキーの絵はいろいろと話してくれた。点滴注射《てんてきちゅうしゃ》がいやでも、ごはんがものすごくまずくても、家に帰りたくて泣いてても、その絵を見てたら、もう少し、もうほんの少し、がまんしてみようかなっていう気になれた」

思い出しながら話すミーミの声をただ聞いているしかなかった。

「ありがと」

思いの強くこもった、しぼりだすような声だった。

「ん?」

体ごとミーミのほうをむいた。

「あの絵、ほんとに、ありがと」

おもいっきり投げられた大きなボールを胸全体で受けとめてしまったような衝撃《しょうげき》をうけた。ミーミの一言が、心の深いところにつきささった。

「やっと、言えた」

小声でつぶやくと、ほおっと大きなため息をついた。

「う、うん、わかったから、もうしゃべるな」

声が不自然にゆれているのに気がついて、あせった。

「退院したら、一番にヒッキーに会って、ありがとうって言いたかった。でも、なかなか言えなくて。ヒッキーと話してると、関係ない話になっちゃったり、ヒッキーってなんにもわかってないって思っちゃったり。きらわれてるって思ったこともある。でも、今日はぜったいに、ぜったいに言うんだって決めてたんだよ。こんなに時間かかるなんて、思わなかった。おまけに、よけいなこと、ママにも話したことないことも言っちゃった」

「わかったから。もういいよ。絵なんかいくらでもかいてやるから」

あやうく、泣きそうになった。

ミーミの口からはじめて聞いた入院していたときの話。そしていまの学校生活。

ミーミのことなど関係ないと切りすてていた自分のごうまんさにはらがたってくる。

おれの横でこうやって苦しんでいる幼なじみのミーミがいる。

ミーミがどんな思いで、長い間、病気と闘《たたか》い、死とむきあってきたかなんて考えたこともなかった。

大人びちまったミーミ。早く大人にならなくちゃ生きてられなかったんだろうなと思うと、胃のあたりに熱いものがこみあげてきた。


駅の改札を出ると、ミーミのママがかけよってきた。

「だいじょうぶ?」

「うん」

「病院に連絡とったら、主治医の先生が当直だったの。運がよかったわ。すぐに連れてこいって言われたから、このまま行くよ」

ミーミがうなずいた。

「樹《いつき》くん。いつも心配かけちゃうわね。ありがとう。連れて帰ってきてくれて。だいじょうぶだからね。心配しないで」

「はあ」

おれは頭を小さくさげた。

ミーミはママに、かかえられるようにして車にのりこんでいった。

おれは軽く手をふった。ミーミの口が「ごめん」と動いたのに気がついた。

とつぜん、猛烈《もうれつ》にはらがたった。

「あやまんな。ぜったいにあやまんな。ミーミは、なんにも悪いことなんか、してないだろう。あやまることなんかぜんぜんない！」

病気になったのはミーミのせいじゃない。

そんなに苦しむな。

自分を責めるな。

あやまるな。

ミーミが車のガラスごしに、じっとおれを見つめている。いままで見せたことのない表情をうかべていた。無理をしたり、とりつくろっていない表情。ミーミ、丸ごとの表情だ。

母親にも話したことのない気持ちをミーミはおれにぶつけてきた。少しはらくになっただろうか。心が深呼吸をしただろうか。

まっすぐな街路樹《がいろじゅ》の続く道を、車が走り去っていく。追いかけるように、一歩ふみ出した。

松林図が頭によみがえってくる。冷たい霧《きり》につつまれ、見る者をさそいこむような山があった。行きたくても、来るものをこばむ山。ミーミが走り去っていった方向がその遠い山のある場所と重なった。拒絶《きょぜつ》するようにそびえる雪をかぶった山。

（ミーミ、おい、ミーミ、あの遠い山に行っちまったら、おれ、ぜったいに許さないぞ）

おれは心の中でさけんだ。

人がぶつかってきて、われにかえった。

うつむいて歩く頭の中には、ミーミの白い顔があった。そばにいられないのだから、せめてミーミの顔だけでもおれの心の中にあってほしかった。

帰ると、心配そうな顔をしたおふくろがいた。気をつかった表情だ。

「いまさっき、ミーミママから連絡があったわよ。たいしたことないけど、二、三日検査で入院するって、だいじょうぶだから、心配しないでって」

ことづてを伝えてくれた。

「ん」

それだけ言うと、おれはまた外に出た。

うらにまわると、シイの木が枝をのばしていた。根っこのあたりに葉っぱやドングリが落ちているが、枝には葉がしげっていた。

下から二番目の大きな枝を見る。ミーミがおりられなくなってしまった枝だ。

幹《みき》にはこぶがあって、足をかけて登りやすくなっていた。枝は、両手をのばせば、いまでは簡単にとどくほどの高さだ。ここからおりられなくてミーミは泣いていた。おれも泣いていた。ミーミがこのままずっとおりられなくなったらどうしようと、心配でたまらなかった。はっきりと思い出してしまった。

しゃがみこんで根元の土をつかんだ。かれ葉といっしょにぐっとにぎりしめる。しっとりとしめっていて、とても冷たい。なんどもその土をにぎりしめた。そして、立ちあがりながら、てのひらの中のしめった土のかたまりを地面にたたきつけた。

おれは部屋の中で、頭をかきむしった。

(あほだ、まぬけだ、大バカヤロウだ)

歩きまわりながら、ミーミのつらさを知ろうともしなかった自分をののしり、太ももをたたき、あげくのはてにベッドにたおれこんだ。

心配ないとおふくろたちは口をそろえたように言うけれど、本当にミーミはだいじょうぶなのだろうか?

まぶたのうらにのこっているミーミの顔を見つめる。ありがと、と言ったミーミのつぶやくような声。すがりつくような目の色を思い出す。そして、ごめん、とあやまった口の動き。いま、思い出しても猛烈《もうれつ》にはらがたつ。

寝《ね》返りをうつと、ちらかっている画材が目に入った。真っ白な紙が目に入る。

心の底からマグマのようにつき上げてくるものがあった。

ミーミは入院中、おれの絵を見て、あと、もう少しがまんしようと思えたと言っていた。いまから思えばずっとへたくそな絵だったはずだ。それに、あのときおふくろにせかされていやいやかいた絵だった。

いまなら、もっとちがうものがかけるはずだ。

（よし、そうしよう）

モナ・リザのようなものではなく、松林図のようなものでもなく、いまの自分にしかかけない絵。好き勝手に気のおもむくままにかいていたおれが、はじめて人のためにかく絵。ミーミ、ただ一人におくる絵だ。

つくえの前にすわると、小さなスケッチブックを手にとった。

頭の中にあるものを形へと落としていく。

別れぎわの表情ではなく、たまに笑う顔を思い出す。

タンポポの花が、ぽんと頭の中にうかんだ。ふまれても、ふまれても立ちあがるタンポポの花。強い花だ。

(なあ、ミーミ、昔みたいにさ、タンポポの花みたいに、ぱあっと笑ってくれよ)

心の中でつぶやきながらかきはじめる。

ミーミの笑顔に語りかけるように、えんぴつを走らせる。タンポポをつむミーミの指や、草の上におかれたちょっといびつなタンポポの花輪。ふと、たくさんかけるような気がしてきた。

ミーミがベッドの上で寝《ね》たまま見ていても負担にならない大きさの絵を集めてみようと思いついた。

じゃ、絵本なんてどうだろう。小学校の高学年で絵本を作ったことがあったけれど、もう少し手のこんだものにしてみよう。

字がへただから、文章はつけない。色はやさしい色づかいにしよう。松林図のように、墨《すみ》一色でかけるほど、うまくはない。

心の中でつぶやき、自分につっこみながらアイデアをメモ書きしていく。

紙はガッシュ用のあらい手ざわりのものにしよう。

翌日、さいふをつかむと、画材店に走っていった。

店に入るなり、紙のところに陣どった。千差万別、どれにしようかとあれこれさわってみる。表紙は、この色の厚紙がいいかと、厚紙も物色する。筆もけば立っていたから、ついでに買いかえた。

画材をかかえて部屋に引きこもった。

次から次へとわいてくるアイデアをかたはしから形にしていく。

ミーミはちょっと大人っぽいなと、着ていた服、話していたことを思い出しながら色を決めていく。失敗しても、平気だ。またかきなおせばいいだけだ。荒がきデッサンを枚数分かき、ぶつぶつとつぶやきながらまとめていく。

便所に行く以外は部屋にこもりっきりになった。

心配したおふくろが様子を見にくるが、絵をかいているのを見て、ため息をついて出ていく。そのうち、食事を部屋に運んでくるようになった。

「ありがと」

かきながら口にした。

「な、なによ、そんな言葉、はじめて聞いたわ」

おふくろの声がおどろいていた。おれが顔をあげないのを見て、「ちゃんと食べるのよ」と言いながら出ていった。

つかれたらベッドでねむり、目がさめればまたかく。そんなことをなん日間続けていたんだろう。最後のページになったとき、かなりハイな状態だった。

松林図の松のかわりに、タンポポを配置してみる。おれの頭の中には、一度見ただけの松林図の松の配置がしっかりとインプットされていた。

松林図の山のかわりに大きな太陽をかいた。朝日のつもりだ。

場所はあの中央公園。

ミーミが自分だと言った松林図の松の場所には、リボンをつけたタンポポを配置する。おれの松だと言った場所のタンポポには筆を持たせてみた。これはうける。にやつきながら、筆をすべらせる。ミーミはきっとわかってくれるにちがいない。

ほお、とおもいっきり息をはきながらかきあげた八枚の絵をならべてみる。われながらタンポポだけでよく八枚もかけたものだと感心する。

たらない部分に気がつくと、ちょんちょんと筆をくわえた。

そして絵本の形にしていった。まず手順を入念に考える。ここで気持ちだけが先走って、作りはじめてしまうと、あとでめんどうがおこる。しっかりと頭の中で段どりを考え、作業道具もそろえておくという準備が欠かせない。

先が見えてきたせいか、ひどくはらがへっているのに気がついた。

のそのそと足をひきずりながらろうかを行くと、おやじが帰ってきていた。夜の七時すぎだった。カレンダーを見ると、もう冬休みはのこっていなかった。

もくもくと食事をした。話しかけられたような気がするが、とにかく食べるのにいそがしかった。メシを五杯食べたような気がする。おかずが全部なくなり、最後はお茶漬けにしてかきこんだ。

はらをさすりながら、立ちあがりかけたとき、おふくろが言った。

「ミーミちゃん本人から電話あったからね。退院できましたって。だいじょうぶですって。ちゃんと伝えたからね」

おふくろの顔を見たおれはきっとひどくうれしそうな顔をしていただろう。表情をとりつくろう気力もなかった。安心した表情が自然にうかんでいたにちがいない。

おれの心ははずんでいた。その夜、いっきに絵本の形を作りあげた。うらの見返しに、ひかえめに小さくローマ字でヒッキーと書いた。なんだかとてもはずかしい。筆をおくと、もさもさの頭を両手でかきむしった。

ふと気がついた。タイトルがない。考える気力がない。

表紙を見る。

どうしようと思ったときにはすでに力がつきていた。たおれこむようにベッドに体を投げだした。

翌日、朝からシャワーをあびた。明日から学校がはじまる日だから、かれこれ五日近く風呂に入っていない。冬とはいえ、さすがにあせくさかった。

頭にタオルをまいたまま朝飯を食べる。さりげなく、おふくろにたずねた。

「ミーミ、どうだって?」

「あ、ミーミちゃん。昨日電話があってね、元気な声してたわよ。退院しましたって、異状なかったですって、ご心配かけましたって。樹《いつき》にかわろうかって言ったら、いいですって。また、おじゃましていいですかって聞かれたから、もちろんって返事したけど、なんかあったのかしらね。ミーミちゃんの体調って、ガラスのようにもろいのね。樹《いつき》、やさしくしてあげなさいよ。いつも、つっけんどんっていうか、あらっぽいんだから」

「そっか」

ミーミの体調不良がおれのせいみたいに言われて、いつもなら、むっとするところだ。しかし、ミーミが無事に退院できたことのほうがうれしかった。

「あのさ、ミーミの家って、前の場所のままだよな？　下にコンビニがあるマンションの五階の角っこ」

「え？　そうよ、そこよ。引っこしたりはしてないわよ」

「そっか」

「行くの？」

「うん」

おふくろの目が大きく見開かれた。

「あ、じゃあ、ちゃんと連絡とってからにしなさいよ」

「いいよ。そんなもん。ミーミだっていつもとつぜん来るじゃないか」

「え、そう？　じゃ、ついでに、とどけものをたのめるかな。あたしからミーミママに連絡しておくから」

「いいよ、そんなことしなくて」

部屋にもどって、完成したばかりの絵本を手にとった。モスグリーンの地に大小さまざまな黄色の水玉模様がちらばっている表紙。自分でも渾身《こんしん》のできだと思う。へたなタイトルをつけるより、無題のほうがひきしまって見えるなと、手前勝手に満足する。にやにやと本をなでまわしながら、ふっと、臆病風《おくびょうかぜ》がふいた。

以前のようにミーミにこきおろされたらどうしよう。

立ちなおれるだろうか。あの松林図と比較《ひかく》されたら、どうしよう。特に絵本の最後のページ、松林図をまねしたけれど、まずかっただろうか。調子にのって、タンポポにリボンやペンなんか持たせたけれど、ばかにされるだろうか。くちびるをくいっとあげて、どんくさいと言われないだろうか。

わたすの、やめようか。

いまさらながら意気地のない自分にあきれるばかりだ。

でも、ミーミはおれの絵、好きだって、絵にはげまされたって言っていた。いまの絵のほうがもっとうまいのだから、きっとだいじょうぶ、だと思う。

「オーシッ」

自分に気合いを入れた。

まだ自分がどんな絵をかきたいのか、その世界がわからない。

迷いの中で、かく気がなくなったこともあった。反対につき上げるようにかきたくなったこともあった。そばには、いつもミーミの姿があった。

絵本の表紙をそっとなでる。ミーミだけに見てほしいという思いだけで夢中でかいた。心にとどいてほしいと祈るような思いをこめて作った。それだけはたしかだ。

おれは絵本をていねいにつつんだ。

ろうかをすべって玄関へ行くと、紙袋がおかれていた。

「これ、わたせばいいのか？」

「お願い」

台所からおふくろが返事をした。

「じゃ、行ってきます」

声をかけて外に出る。

冷たい風が顔にかかる。チャリを門の外にひっぱりだし、カゴに紙袋といっしょに、そっと絵本を入れた。

チャリにまたがりペダルをこぎだす。風が強くてハンドルをとられそうになる。

おれはミーミに絵本をとどけに行く。

（きっとミーミは気に入るさ）

根拠《こんきょ》のない自信がわいてくる。

（どんな顔をするかな）

とつぜん、『ミューズ』という単語が頭の中にうかんだ。

カゴの中の絵本を見る。ほかのだれのためでもなく、ミーミ、ただ一人のためだけにかいた絵。

（ミーミ、待ってろよ。そんで、いつものように、おれのかいた絵から、いっぱい話をきいてくれよ）

おれは久しぶりに口笛をふき、ペダルをふむ足に力をこめた。

おれのミューズ！

2013年7月8日　初版第1刷発行

著　者　にしがきようこ

発行者　山川史郎

発行所　株式会社　小学館
〒101-8001
東京都千代田区一ツ橋2-3-1
電話　編集 03-3230-5416
　　　販売 03-5281-3555

印刷所　共同印刷株式会社

製本所　株式会社若林製本工場

© Yoko Nishigaki 2013 Printed in Japan
ISBN978-4-09-290575-7

造本には十分注意しておりますが、印刷、製本など製造上の不備がございましたら
「制作局コールセンター」(フリーダイヤル0120-336-340)にご連絡ください。
(電話受付は、土・日・祝日を除く9:30〜17:30)
Ⓡ〈公益社団法人日本複製権センター委託出版物〉本書を無断で複写(コピー)することは、
著作権法上の例外を除き、禁じられています。
本書をコピーされる場合は、事前に公益社団法人日本複製権センター(JRRC)の許諾を受けてください。
JRRC〈http://www.jrrc.or.jp　e-mail: jrrc_info@jrrc.or.jp　電話03-3401-2382〉
本書の電子データ化等の無断複製は著作権法上での例外を除き禁じられています。
代行業者等の第三者による本書の電子的複製も認められておりません。

本文DTP／岡田由美子　長﨑　綾
制作／鈴木敦子　資材／斉藤陽子　販売／窪　康男　宣伝／浦城朋子　編集／喜入今日子